中公文庫

愛のようだ

長嶋　有

中央公論新社

もくじ

愛のようだ

プロローグ

セダンの後部座席に知らない若者と同乗していた。二十歳、いや、十代かもしれない。

運転しているのも若い、二十歳そこそことおぼしき女性だ。彼女は急な坂で車を停め、音をたててサイドブレーキをひいた。再発進のクラッチをつないでいる。

それでも前進しない。車体が後ろに下がる寸前でブレーキを踏み、再び挑戦する。

俺は小さくだが拳を握った。横の若者も助手席の教官も無言で見守っている。再発進するも車は動かない。女子の焦りが伝わってくる。

がんばれ、と知らない女子に念じた。念じながら、そのこと自体が不思議なことだとも感じていた……。

早朝、いつものロビーを通り抜けて外に出た。歩行者信号は消灯していた。どこを歩いてもいいのだが横断歩道を渡り、S字とクランク脇の道を歩いて指定された小屋に入る。これまでずっと、物置かなにかかと思っていた建物だ。

自動車の教習所なのに、どちらかというと駅舎のムードだ。壁三方がベンチにもなっており、これで中央にダルマストーブが置かれたらますます終着駅だ。既に大勢が集っていた。二十人ほどだろうか。壁のベンチに座る者、立って教習マニュアルをみつめる者、全員が知らない者同士で、だから誰も会話に興じたりすることなく、皆で同じクリアファイルを手にしている。

指示された時刻通りに教官が現れた。明瞭な声音で、三人一組で試験を受けることが指示された。組分けが俺と同組になった若い男女同士も、互いに初対面のようだ。「よろしくお願いします」これから競争するわけでも協力しあうわけでもない。ただ同じ車に乗り、順番に同じ試験を受けるというだけだが、これも〝縁〟だ。外に出て、指定された車に向かって歩く間に三人で小さく声をかけ合った（そんな一字を二人は思わなかったかもしれないが）。あと「緊張しますね」「めちゃくちゃしますよ」「ですね」と交わし、車の前に立つともう他に話すこともないので三人とも順に別々の方を向いた。気詰まりだったわけではないが、危ない人間ではないことを確認しあえただけで今は十分だ。曇天の十月の空をみあげたあと俯くと、コスモスが停車中のセダン脇の芝生に揺れていた。

緊張が高まってきたのでスマートフォンにヘッドホンをさし、琴美が送ってくれたmp3ファイルを再生した。

初めてイントロを聴いたときはおおいに面食らったが、すでに何度か聞いていた。楽しげなイントロ。アニメ『ふたりはプリキュア』シリーズの歌だそうで、ヘッドホンから音漏れしたらまずいと若者二人をうかがい、音量を下げる。冗談のつもりなのか真面目なのか、琴美の選曲の真意は測りかねた。

ネガティブになると猫背になる　〝なんてこった！〟

見た目からでもＯＫ！

胸を張って〝ちょいとハッスル！〟

最近の「アニソン」というよりは少し昔の「歌のお姉さん」ぽさのある声音で、前向きな言葉を明るく繰り出している。あらゆる「頑張れ」という主旨の歌を、もうずっと聞いていない。大人になるとアニメをみなくなるだけでなく、前向きに応援される機会も必要もなくなるのだ。

大学受験や就職などの「試験」は若いうちに大抵、すませる。試験を受ける際の「集中する」とか「頑張る」というのは甚だスポーツ的なことだ。

今の俺の人生で「頑張る」こととといえば単に徹夜で原稿を書くとか面倒な確定申告をすませるといったもので、つまり自己と向き合うばかりだ。「他者」に否応なく評価されるとき、たとえばこんこんと受験勉強をしていた夜なんか、俺もこんな歌声に励まされていたかもしれない。ずいぶん久しぶりの、これは緊張だ。琴美は真面目に、応援の歌を選んでくれたのだと思うことにして、心中で似合わない歌詞を口ずさむ。

我々の乗る車の前に現れたのは二人よりも俺に近い世代で、話題もあう教官だった。「戸倉さん、おはようございます」名字を呼ばれ、ヘッドホンをあわててジャケットのポケットにしまう。

本当は特にこの教官と話題があうわけではなく、ここまで何度も「みきわめ」を通過できなかったこともあり、会話の機会が多いことから、俺が一方的に気安く感じているだけかもしれない。

　みきわめというものを、そういえば俺の周囲の友人知人は知らなかった。

「昔はそんなものなかった」と言われるばかりだ。皆、二十年近く前にそれぞれの地元で免許を取得済みだ。下手くそなのにいきなり試験を受けさせるわけはないから、その当時だって、仮免許の前段階になんらかの考査はあっただろう。当時は「みきわめ」という名称ではなかったのかもしれない。

「それでは、よろしくお願いします」教官はあと無言で助手席に乗り込んだ。事前に説明を受けたとおりだと思った。仮免の試験当日は、教官は余計な言葉をかけてこない、道順を指示するだけ。

　普段は「大丈夫です」が口癖の男だ。俺のギアチェンジの遅れやなにかの見落としを指摘したあと、「大丈夫です」必ず付け足す。こちらに「すみません」と口に出す隙を与えない早さで、なんだか蓋をされる感じだ。

　若者二人が後部席に乗り込んだところで、一番手の俺は「周囲の安全確認」を、しらじらしい気持ちというよりはおずおずという感じで始めた。車体後部の死角に、おしゃまな女の子がチョークでかわいいウサギさんの絵を道いっぱいに描い、たりはしていない……と。大丈夫です。教官の口癖をかわりに心中で唱え、運転席に乗り込んだ。小さく、鼻から息を吹き出してシートベルト、ミラーの位置を確認して教官の澄まし顔が視界に入った途端、この教官も近い世代なんかではない、俺よりずっと若者だと気づいた。

授業のたびごと毎回アトランダムにあてがわれる教官それぞれに「大丈夫です」と同類の――付け足しの――口癖があった。「いいんです、自信もってください」までいいはやる教官も。

彼らの全員が全員、心なかった。

分かる。分かるよ。

いわれた俺は、前方の道を注視したまま口をつぐみ、相手にあわせて小さくうなずいた。分かるよ。まったく大丈夫でも、いいのでもなく、もちろん自信をもっていいわけなどないということが。

俺もだが、彼等はそれ以上に怯えているのだ。仕事で（あるいは子供の時からの趣味で）読んできた、いくつかの漫画作品を思い出さずにはいられなかった。

『静かなるドン』の新田たつおが八十年代半ばに発表した『こちら凡人組』は主人公であるヤクザの組長が自動車教習所でひどい目にあう。狩撫麻礼『迷走王ボーダー』では脇役の堅物、東大生の木村が鬼教官にいびられる。島本和彦『アオイホノオ』の主人公は本試験に三回落ちる。いずれも本筋とはまるで関係のない自動車免許取得の逸話に、わざわざ話数を割いている。どうしても、触れたいことなのだ。いずれも八十年代が舞台で、そこでの免許取得は小さなドラマをはらんでいた。漫画内に描かれるほぼすべての教官は「鬼」だ。心根の小さなものが権力をもつとどんな風にふるまうかが、徹底的に戯画化される。普段、荒唐無稽なフィクションに取り組む漫画家たちは、また同時に観察者である。特殊なその体験を、誰も見逃せなかったのだ。彼らは作品をつかって復讐を遂げたのかもしれない。

地下鉄がさらに整備された今、東京都心で車を持つことのメリットはほぼない。さらに少子化で、免許取得志望者は大きく減ったようだ。売り手市場と買い手市場はいつしか入れ替わった。

それで今や都内の自動車教習所にとって受講者は「大事なお客様」だ。丁重に扱わなければならない。教官が横暴で威張っているという風評がたつと、教習所自体がたちゆかなくなる（きっと、インターネット上の評判にも彼等は敏感だろう）。

そういう言葉を、教官たちからじかに聞いたわけではない。俺が勝手に、彼らの態度や気配で察したのだ。

教習所自体が雄弁にメッセージを発しているかのようだった。広い待合いロビーの壁には書棚が設けられ、雑誌の最新号や漫画が読み放題。テーブルの籠には飴が置いてある。紙コップの据え置かれたベンダーからはお茶が飲み放題だ。二階に向かう階段の途中には、子供の描いたぬり絵コンテストの作品が何枚も貼ってある。ママさんドライバーのために託児所も設けてあるのらしい。

書棚の反対面の壁に、前月の「優良教官ベスト10」が貼り出されているのをみたときには嘆息が漏れた。受講者は定期的に無記名のアンケートに答えることになっており、教官の教え方を査定する。意地悪な態度を匿名で告発することもたやすい。

だからだ。受講者がイライラするような失敗をしても、飲み込みが悪くても、少しでも声を荒げるわけにはいかない。

だからだ。間違いを指摘した直後に、彼らは覆いかぶせるように優しそうな声音で付け足す。「大丈夫です」と。こちらに「すみません」と謝罪させるよりも素早く。

　だが、俺には伝わっている。

　イライラそれ自体が発生しないわけはない。俺は普段から、波動とかオーラなどが感じられると口に出す人間を疑っている。

　だけど（口に出す行為を信じないだけで）波動というのかオーラというべきものは確実にあるとも思っていて、空気を伝わるなにかで分かってしまうのだ。助手席の教官たちが俺への苛だちを懸命に抑え込んだことが。

「そうそう……そうじゃなくて、そこでギアあげる！　いや、ぜんぜん焦らなくても大丈夫ですから！」

　むしろ「すみません」と言わせてくれよとさえ思いながら、赤信号（偽の）がきてギアをローに戻すたび、横顔をうかがったものだ。

　授業を終えるとどの教官も嘆息気味に、俺のカードになにかを記入しながら、心ない抑揚で励ましの言葉を並べ立てた。

「では、また次も頑張って」

「はい」

大きなカードを受付に返却し、帰宅せずに漫画の続きを読んだ。『ONE PIECE』や『NARUTO』、少女漫画なら『君に届け』など、普段仕事では読まないような、有名なベストセラー作品がずらり網羅されている。

「嘘だあ」異口同音に仲間はいったものだ。自動車教習所の教官が優しいはずがない、と。ほとんど、その定義に反するという剣幕だ。それから、めいめいの免許取得時の苦い経験や、合宿先で会った危ない男の話などが誰の口からも出てくる。どれも、凡人組の凡野組長や『アオイホノオ』のモユル君たちが泣きわめいて苦しんだのと同じ時代の逸話だった。

ロビーだけでない、学科の講堂でも大勢の若者に混じりながら、自分がイレギュラーなことをしているという実感はもちろん多大にあった。六十代、七十代の免許コースもあるらしく、たまに白髪のおじさんとすれ違うこともあったが、俺のような風貌の男にだけは遭遇しない。

ガリバーが小人の国や馬の国を旅したように、俺は「免許の国」にまぎれこんでいる。そういうイレギュラーを自分は常に選んでいたという気持ちもまた抜けずにいる。マイノリティの生き様を選んできたとかいうようなハードボイルドな感慨ではなくてだ。教官も皆ほぼ年下の世界に入り込み、感じ入ったり傷ついたり呆れたり。

バツイチ、フリーランス、やもめ暮らしの家の床に洗濯物を散らばしている俺に、両親はもう心配の言葉をかけなくなった。年老いた彼らには、俺の姿がガリバーのように場違いで滑稽なものに、とっくにみえていたんじゃないのか。

そう気づいてみたところで、俺も今さら反省するでも赤面するでもない。中年の我が体をただ見下ろして（ガリバーのように縛られているわけではない、ただの体だ）しみじみするだけ。学生時代以来に感じておののいていた「試験」のプレッシャーが不意に遠のき、イグニッションキーを回すとき俺は無心になっていた。なんとかかんとか実技を終え、後部座席に深く腰を下ろし鼻から今度は大きく息を漏らした。二番手の男の運転は無難に終わった。

三番手の、坂道発進に難渋していた女子の車は、四度目のトライでついに急坂を上りきり、すぐに下った。地形によってできたものでない、坂道発進のためだけに設けられた嘘の坂を。俺は握っていた拳を緩め息をついた。右折のウィンカーを出すのは忘れなかったが、女子の落胆はありありと想像できる。意気消沈の体で車は元の駐車位置に寄って停車し、ミラーを畳んだ。

「お疲れさまでした、結果は事務所三階の第二会議室で一時間後に」教官が言いおいて立ち去ると、すぐに女子はがっくりとうなだれた。

「ダメでした……」

「いや、僕もS字の挙動がおかしかったから」

「うん、俺もどうかなー」大丈夫ですよと請け合うことは二人ともできない。年齢差のある男二人が揃って首を傾げ、自らの失敗を列挙する形で女子を励ました。

「でも、きっとダメですね」言い聞かせるように女子は健気に頷きながら歩き出す。

俺は二人についで校舎に戻りつつ、立ち止まった。駅舎のような待合室に目をやった。S字とクランクの先の芝生の中に小屋は建っている。平日の、まだ午前中の小屋は無人の気配だ。用途は物置だと思っていたし、見た目はジオラマの鉄道模型の、線路脇のリアリティを増すための芝生や小屋のようにもみえていたが、小屋は実際に用いられていて、そこで我々は知らぬ者同士集められ、一様に緊張した顔をみせあった。

ついさっきのことだ。一度の仮免許試験はせいぜい二十分だから、三人でたった一時間程度の出来事だった。

それなのに、かつて一夏を過ごした山荘をみるような郷愁を遠くの小屋に対して感じとる。偽物の横断歩道を渡って校舎に戻ろうとして、やめて、小屋へと引き返した。教官に咎められたら忘れ物といえばいい。

なんだか、夢の中みたいだ。記憶のつぎはぎのように、坂道やS字や嘘の踏切が恣意的にぎゅっと詰め込まれた空間に、降りたことのない木造の駅舎。緊張と、不釣り合いなそよ風。さっきは植えられているコスモスだけが目についたが、遠くにススキも自生している。コースを歩いて眺めるのは、そういえばこれが初めてのことだ。教官や職員に見咎められることもなく小屋までたどり着いた。扉にはすでに鍵がかかっていた。クランクの前まで下がり、スマートフォンのカメラで小屋を写真に収め、琴美に送った。

「嘘の待合室だよ」と表題を、「仮免終わったところ」と本文を添えて。

琴美は友人の須崎の恋人だが、俺とウマがあう。本人を琴美と呼び捨てたことはない。ウマがあうといっても、盛り上がるわけではない。何度か呑んだだけだが琴美はだいたい無表情で、夜遅くまで須崎が酔っぱらうのを二人で眺めている。芸能人のゴシップや、ネットで誰それが炎上した話題のときだけ琴美の目は輝く。そんな琴美が俺の免許証取得の話題には妙に強く反応した（プリキュアの歌もわざわざプレゼントしてくれた）。まだ（本人の言を信じれば）三十代ではないから、彼女が知っている教習所のムードは売り手市場から買い手市場に移行する頃だろうか。

ある夜、学科を終え、教室を出て人気のない階段を降りていたら「ただいまからロビーでハロウィンパーティを行います」と館内アナウンスが流れたという話に琴美は爆笑し、それから教習所に通う度、些細な観察を報告させられるようになった。棚に置かれた漫画の詳細や、受付嬢のレベルなど。高額な「ＶＩＰコース」を受講する人のための専用のＶＩＰルームがあるとメールしたら返信で即、潜入を命じられた。ロビーで飲めるのはお茶だけだが、ＶＩＰルームにあるのは漫画喫茶にあるのと同じドリンクベンダーでコーラやカルピスソーダが飲み放題だとか、テーブルには籠が置かれ、飴ではなくビスコとかハッピーターンが食べられるとか、送る度に「どんなＶＩＰですか」と返信がきた。

琴美からの返信の表題は常に「Re:」がついている。彼女に限らず、年下からくるメールは表題がない。俺は中年だから、今でもメールに表題をつけてしまう。いつものように変な笑い顔の顔文字がついてくるかと思ったら違った。

「そのままそこで待っていたら嘘のクラクションが鳴って、嘘のお迎えがくるかもよ」妙に詩的な返信だった。顔をあげてコースを眺める。雀が一羽アスファルトをてんてんと歩き、秋空に飛び立った。

結局、若者二人も俺も揃って仮免許試験に合格した。我々は喜びのあまりハイタッチさえ交わした。大勢が通う教習所で、おそらくもう二度と出会うことはないだろう、だが同じ車内で「苦楽を分かち合った」〝同期の学友〟だ。

路上教習開始の説明を受けて教習所を出ながら、学生時代に若返ったような錯覚を抱いていた。

「そんでもってシリアスもリラーックス、にっこり白い歯みせてー」試験が終わった解放感のせいか、若者と喜びを共有したせいか、プリキュアの歌を軽薄に口ずさみながら教習所を出て、ファミリーレストランで陽の高い時間からビールを頼んだ。

「路上からはＶＩＰコースに変更するわ」ジョッキを半分ほど飲み干し、仮免合格のメールを送信した。すぐに「Re:」の返信がきた。

「おめでとう！　ビスコ食べ放題だ！」琴美のテキストには珍しく感嘆符が二つもつけられていた。琴美の手術は来週だ。

後部座席の琴美が骨を鳴らすたび、俺は『キン肉マン』を思い出していた。まるで骨折のような立派な音なのだ。まず発進の際、その準備のように大きく鳴らし、環八に入るあたりでも。

助手席の須崎は肩こりを想像したか、琴美の疲れを案じ大丈夫か、と声をかけた。だが俺は知っている。疲れてはいるかもしれないが、骨鳴らしと疲労は関係がないことを。

鳴らしているのは肩だろうか、背中だろうか、野太い音だ。ミラー越しに琴美の表情をみても、よく分からない。サマーニットの帽子を目深にかぶっているが、病院にいたころより髪が伸びた。スマートフォンで、またなにかよからぬサイトをみているらしい。こないだはX JAPANのトシをかつて洗脳したホームオブハートの主宰とされる男のブログを熱心に読み込んでいたが。車は環八経由で東京インターから東名に入ったところでまたゴキリと鳴らした。

いい音、と思う。俺も手指、それから足指を鳴らす癖があるが、運転時にはかなわない。我慢できないほどのことではないし、尿意などと異なり、我慢した結果が大変なことになるでもない。だが、今もむずむずしている。

「疲れじゃないよ、とにかく鳴るの」心配そうな須崎に対し、スマートフォンから顔をあげずに琴美は素っ気ない。

「前からそんなに鳴ったっけ?」

「入院してから」

「『私の骨はよく鳴るんだよ』」前を向いたまま、かつての、キン肉マンことキン肉スグルの言を俺は思わず諳んじた。正確ではないかもしれないが、そんなような台詞を彼は放った。

「……ってね」と付け加え、引用であることを示す。俺自身も、ハンドルを握る腕に力が入っているからいつも以上に肩が凝っている、あとで鳴らしたらよい音がするだろう。なにを積んでいるのか分からない、妙に幌の高いトラックと車間が詰まってきたので、追い越し車線に目をやりウィンカーを出した。

「『キン肉マン』だな」同い年の須崎はすぐに引用元を理解してくれた。

「……」琴美は、またどうせ男二人の趣味の話だな、と距離をとるような顔になった。

昨年の手術は成功した。少し前に一時退院が決まって病院に迎えにいったときはもう少し表情に活気があったが、今日はずっと静かだ。骨を鳴らす音だけが健康的といえる。

俺の世代の男は皆、キン肉マンが好きだ。「キン消しブーム」は今も「懐かしの八十年代」などを特集する際にテレビや雑誌でたびたび取りざたされるし、俺も仕事で、筋金入りのコレクターに取材をしたことがある。だが俺は消しゴムよりなにより、漫画前半のその場面、その一言が突出して好きだ。

ぎこちない車線変更ののち前方をみればトラックの手前にも軽自動車がいて、背後からは煽り気味にやってくるセダンがみえたので俺はさらに緊張を深めつつアクセルを踏み込んだ。年末に免許を取得してから、高速道路を走るのはこれがまだ二度目だ。一度目はこの車を受け取りにいった帰りの首都高で、助手席の声に従っているうちに通り抜けていた。

仮免許取得から免許取得まではスムーズだった。仮免許までは分からなかったのだ。どの程度の失敗をしたらアウトなのかが。ずっと暗闇でバットを振っていたのが、仮免に合格したことで急に球場の広さが分かったような感覚を得た。ＶＩＰルームの油圧式チェアーでビスコの個包装をむいてはボリボリいわせ、年内には最終試験に合格した。その勢いで車まで購入したことに周囲は驚いた。そのことには、俺自身もなんだか驚いたままだ。毎日乗り回すでもなく、明らかに不経済なのに。

「一体、あれはなにを積んでるんだ、横風とか吹いたら……」須崎も我々に追い抜かれるトラックの荷物に疑念を呈した。そういえば高速道路の橋には幟（のぼり）が立ててあるなと思い出す。俺はまだ免許取り立ての初心者マークだから「横風の怖さ」というものも実感したことがない。ペーパードライバーにならぬよう初心者のうちからどんどん挑戦した方がよいと須崎だけでなく免許を持つ多くの仲間たちにたきつけられ、それで今も琴美と須崎を乗せ、朝から汗ばんだ手でハンドルを握っている。

行く先は伊勢神宮。東名を西に走り、まずは足柄サービスエリアまでが俺の運転で、あとは須崎にバトンタッチ。須崎は今回、初心者マークの俺のため、ほどほどの練習になる程度のプランを立ててくれた。

須崎は掌中の機械をいじって音楽を変えた。オールマン・ブラザーズ・バンドのジャムセッションのような演奏がいきなりアニメ『キン肉マン』の主題歌に。直前の話題にあわせてくれたのだ。そういう風に——場の話題にあわせるように——音楽を切り替えられる時代になって、もう十年くらいたつのに、今でもそうされると喜びと戸惑いを同時に感じる。

若い時から俺は電車でも歩くときもヘッドホンステレオをいつも持ち歩いた。CDショップの啓蒙するようにノーミュージック・ノーライフとまでは思わないものの、大事なものだった。砂壁の下宿でカセットテープの残り分数を計算し、悩み抜いてオリジナル盤の「編集」を続けていたことが健気なものとして思い出されるし、今のが「はしたない」聴き方、という気がどこかでするのだ。

軽自動車を抜いて、またぎこちなく車線を戻す。

「ウィンカー戻して」

「あ、すみません」反射的に、少し前まで教官にしていた返事をし、須崎は笑った。

須崎は気を利かせたつもりだろうが、俺が好きな『キン肉マン』はアニメでなく漫画だけだ。漫画を解さない者に、「アニメや漫画」と一緒くたにされることには慣れきっているし、ましてや善かれと思ってだろうことは明らかだし、ここで主張する気もおきない。『キン肉マン』の主題歌を改めて鑑賞すると、アニメぽさと同じくらいスポーツぽさにも満ちたメロディだ。

私は（ドジで）強い（つもり）キン肉マン
走る（すべる）見事に（ころぶ）

「好きなのは漫画だけ」という先の主張が信じてもらえないくらい、サビ前では俺と須崎のコーラスが揃った。むしろ「そこ」をこそ歌いたく、大の大人が二人で待ち構えていたのだ。

当時のちびっ子は皆、この主題歌の特にこの部分が好きだった。間延びした展開のアニメ版を評価しない俺でもだ。小学生を笑わせるギャグとしても最良で、かつ高度なものだ。ここでは歌い手の「私」だけ、知らないのだ。余計なコーラスが入っていることを。

　ああ　心に愛がなければ
　スーパーヒーローじゃないのさ

　だから「私」はなにも知らないまま、堂々と歌い継ぐ。須崎が二番の音量を落とし、煙草に火をつけた。琴美の姿はミラーから消えた。窓にもたれているようだ。

「もうすぐ足柄だよ」疲れを励ますように俺は告げた。

「次、なにかリクエストは？」

「前のに戻っていいよ」須崎が手元を動かし、曲はオールマン・ブラザーズに戻った。

フィルモア・イースト・ライブ。俺は洋楽には明るくなく、ごく最近までそのことにコンプレックスも抱いていたものだが、さすがに大事MANじゃない方のブラザーズバンドのが断然いいことは知っているし、実はドライブにもあっている。

　足柄のサービスエリアに着き、そこそこ駐車場は混んでいたものの運良くバックでなく駐車することができた。パーキングレバーをあげる感触は——まだ運転慣れしていないから新鮮なだけかもしれないが——いつも独特だ。ギッという音から「機械」

をいじっているという実感が湧く。我々はめいめいのドアを開けて表に出て、バラバラのタイミングで閉めた。俺は愛車をみやった。免許取得してすぐに購入した中古の日産ラシーン。同性能の車に比べても割高で燃費も悪い、はなはだ不経済な選択をしたが、後悔はしていない。

「晴れて良かった」ここで初めて五月の日差しを感じ取った須崎がつぶやいた。

「……なるほど、足柄山の足柄か」建物脇の看板に描かれた金太郎のキャラクターをみて俺がつぶやき、琴美は興味なげに骨を鳴らした。その立派な音に、どこかの車に向かう親子連れの、子供が振り向いた。

「首？　背中？」

「背中」三人で歩き出す。俺も靴を脱いで足指の骨を鳴らしたい。駐車しやすいところに停めたから、建物は遠い。また子供が車と車の間を走り抜け、サングラスを頭に載せた女が呼び止めながら緩慢に後を追っていく。

「『私の骨はよく鳴るんだよ』」

「さっきから、なんなの、それ」道すがら、漫画の説明をする。超人オリンピック決勝戦。前回の優勝者で人気も絶頂の、イギリス代表の超人ロビン・マスクに対し下馬評を覆す善戦をし、死闘を繰り広げるキン肉マンだったがあわれ、ついにロビンの必殺技の餌食となってしまう！

「もうね、その場面はまるまる一ページ！」手で本をめくって広げる動作をみせながら、ロビン・マスクの必殺技「タワーブリッジ」が炸裂した場面を説明する。

「イギリスの超人だから」須崎が補足した。

「タワーブリッジは好きだよ、私」ちぐはぐなやり取りになっている。

……まあ、とにかくあの橋みたいな感じの技にかかって、ゴキリと骨の折れる音が鳴り響いて、白目を剝いて倒れるキン肉マン。人気のロビンが勝ったのに、しんと静まり返る会場。誰もが、キン肉マンが死んだと思ったのだ。うろたえるロビン・マスク。

「『私は勝者だぞ！』」会場に訴えかける場面も印象的だ。

「やっぱり、戸倉おまえ、よく覚えてるなあ」

「完全に暗記できてるわけではないけどな。仕事だから、何度も思い出すんだよ」ライターとして雑誌に漫画評を書いていたら運良く評判を呼び、それが俺のメインの仕事になった。漫画家にインタビューしたり、原画展をルポしたりと、ただ漫画を読むという以外の仕事も多い。フリーでなんとか食えるようになって十年たつ。

須崎が「やっぱり」と感慨を漏らしたのは、前に呑んだときも——そのときは映画だったが——なにかの場面を俺が長々と諳んじてみせたからだろう。

須崎は煙草を吸いに喫煙所の方に歩き出した。少し前に車内で携帯電話が着信していたので、仕事の電話をしたかったのかもしれない。須崎は同じ大学のゼミ生だった。卒業後も二人、フリーターでだらだらしていたが六、七年たった九十年代の終わりに、Ｗｅｂデザインの会社を立ち上げた。俺のライターデビューと同じ年だ。インターネットの回線速度が速くなりつつあり、また、雑誌メディアに余裕があって、まだ無名の若者にも記名記事を書かせてくれた時代だ。大学の友人で今も連絡を取り合うのは須崎だけだ。たまに呑む時もスーツ姿ばかりみるようになっていて、今日は久々にラフな格好だが、もう大学生のころを思い出したりはしない。さすがにお互い、年を取った。

琴美は「それで?」と続きを促してくれたが、さほど話題にのっていないことも伝わったので、以後を端折(はしょ)ることにした(たとい、女が聞いてくれている風だからといって、退屈な「説明」をし続けてはいけないという真理に多くのオタクの男達は気付いていない）。

　要するに、キン肉マンは死んでなどいなかった、気絶（もしくは気絶したふりを）していただけだったのだ。油断したロビンの背後から起死回生のメキシカンローリングクラッチホールドを決め、勝者となる。

（たしかに骨の折れる音がしたはずなのに、なぜだ！）なにが起こったか分からず――つまり、負けたことを認められずに――叫んだロビンにキン肉マンは言い放つのだ。

「『私の骨は、よく鳴るんだよ』って？」

「そう、それ！」ご名答。俺は思わず琴美を指差した。

しかし、骨の鳴る音を骨折と間違えるなんてこと、あるだろうか。白目を剝いて倒れたくせに。漫画ならではのズルい描き方だ。琴美も笑った。

　トイレ前で別れた。同じ形の小便器のずらり並ぶ中の、一番手前だけ子供用らしい背の低い便器だ。そのすぐ隣で用を足す。ベルトをゆるめズボンを下げると、ずっと運転席に座り続けていたことで窮屈だった股間や臀部の緊張が解けていく。

　琴美がたった今、笑ったことにも、ほっとする気持ちがあった。これまで琴美と会った場面を思い返しても、彼女は大抵の瞬間、無表情だ。初めて会ったときは整形で顔の皮膚が突っ張りすぎてんのか、と思ったほどに。

これまで彼女と実際にあったのは数度だけだ。あと、ほぼスマートフォンでテキストや画像を送り合う仲だ。

俺と須崎の仲もだ。働き盛りというのだろうか、十年前のように頻繁に呑み歩くことは減り、ＳＮＳで健在を確認しあうばかりになっていた。

初めてあった三年前、薄暗いクラブのソファで水割りを作ってくれていたとき、店内は男たちの笑い声にまぎれていた。琴美は笑わず、姿勢よくすました顔を崩さなかった。キャバクラ嬢やクラブの女たちは、風変わりな職業の者に接すると――話題がもっとばかり――そのときだけの好奇心を発揮するものだが、琴美はまったく平然としていたので、印象に残った（特に俺の仕事に興味ないのだろうと思っていたら昨年、見舞いにいく前に「漫画評論家なら、オススメ漫画を持ってきて、絵が怖くないやつ」と不意に「指令」を受け、慌てた）。

次にあったのは一年近く後の焼き鳥屋で、須崎と二人、押尾学のオーバードーズの裁判話で盛り上がったら琴美は初めて笑った。

「Do you want me right away?」公判で出たという「きたらすぐいる？」という英語を何度も諳んじあった。俗な話を率先してしたがる女は特に珍しくない。喋りながら水割りの氷を一個、指でつまんで丸ごと口に含んだときの横顔をみて初めて魅力を感じた。通りがかった黒服にマナーをたしなめられ、だが少しも悪びれずに口内の氷を噛み砕きながら浮かべた笑顔はまったく整形なんかしていないようだった。

　それからしばらく須崎とも会わずにいて昨年、不意に呼び出された。階があがるほど重篤な患者が入院しているという都心の大学病院の、琴美は最上階に入院していた（ダントツじゃないか、もう、冥土すれすれ、などと不謹慎に囁きあいながらエレベーターに乗り込んだ）。ベッドの琴美は表情もだが体を動かすこと自体が辛そうだった。抗がん剤の副作用だ。あのときの英語を開口一番に言うつもりだったが、すぐに取り下げた。

「おい琴美、おまえ、干し首みたいになってるぞ」だが須崎は入室するなり無慈悲に告げ、俺は少し驚いた。ひどい声かけにというより、二人はもっと頻繁に会っていると思っていたから。

「マジで」琴美は自分の意志と無関係に枕に乗っかってるだけみたいな頭を動かすこ
となく、目だけ我々の方を向いた。

「とって」という言葉の意味が最初、分からなかった。写真に撮ってくれという意味だ。琴美が傍らの携帯電話をやっと手にとって差し出すのを、駆け寄るようにして俺が受け取った。

使い込まれた、傷の多い携帯電話を開いてカメラを起動し、液晶画面をのぞき込みながら、被写体をというよりも二人の「ノリ」をうかがいながら撮影する。

「ヤバいね私、ヤバきち」画面をみせると琴美の口角が少しだけあがった。

「もう、ミイラだな」須崎がいい
「ハゲタカきたら、もう突っつき始めるよ」俺が続け、二人が笑う。

「もう、蠅とんでない？」須崎が周囲を見回した。

「とんでないよ、バカ、風呂入ってるもん、ボケ老人並みに介護されてる」声は小さいが、朝まで呑んだときと同じ「ノリ」だ。

「風呂で溺れたふりして、看護師のおっぱい揉んだりできないの」

「今度やってみる」病室にはごく小さな音量でクラシックの弦楽四重奏がかかってい

せない。

た。どこかで聞き馴染んだ曲だが、学校の給食の時間でないし、なんだったか思い出
「こいつがさ」急に須崎は俺を親指で差した。
「もうすぐ免許とって車も買うから、退院したらどこかいこう」
「免許って、戸倉、あんたまだ車の免許とってなかったの？」呆れたか、琴美の声が
そのときだけ強く張った。
「もうすぐ仮免だよ」俺は威張った。
「へえ……」少し強めただけで反動がきたのか、語気が小さくなり、頭がかくんと下
がった。途端に須崎が近寄って琴美の手をとった。俺はほっとした。
「戸倉、メール教えて」帰り際、琴美が短く発した要望は妙に切迫した響きだったが、
単に言葉を発するのが疲れるだけだろう。俺は琴美の携帯を手に取り、自分のアドレ
ス宛に空メールを入力して送信した。病院のロビーを出て車椅子でも通れるスロープ
を歩き、途中で須崎に問いかけた。
「琴美さんに会うの、久しぶりだったの？」入室しての第一声がそんな感じだった。
「本当、久しぶりに会うみたいだったなあ俺」須崎は変な返事をした。

「先々週に入院してから、三日に一度は通ってるよ」それなのにその都度「久しぶり」と感じるくらいに、みるみる相貌が変化しているのだという。

振り向いて、背の高い病棟を見上げながら俺は須崎から煙草をもらった。普段は吸わないし、吸い込めないのだが。最上階の窓をみても、琴美の姿はみえない。琴美のベッドは窓際だったから、我々をみているかもしれない。いや、窓際まで顔を寄せるのさえ辛そうだった。きっと目を閉じている。

ロビーや廊下でわずかにすれ違ったどの人よりも琴美は若い患者だった。他のどの部屋も廊下も、談笑や活気のまるでない、あと一階分上昇すれば死の気配が水平に満ちていた……。

「手術に成功しても、再発のリスクは五割なんだとさ」須崎は煙を吐きながらぼんやりと呟いた。

「そして、再発したら今度はもう百%ダメなんだと」よく聞く話だ。「五年後生存率」とかなんとか。

「そんなの」俺はいった。そんなの、漫画なら「類型的」すぎる。

「大丈夫だよ」俺は無理矢理煙草を吸い込んで、わざと勢いよく煙を吐いた。

「なんで」

「だって、琴美さん、そういうキャラじゃないもん」

「キャラじゃない、か」漫画の専門家がいうのだから、そうかもな。須崎が励みに受け取ったのか、励まされた風にふるまってくれたのかは分からない。須崎の携帯灰皿に煙草を押し込んだとき、不意に思い出した。さっき病室で小さくかかっていたクラシックは、俺が昔みていたアダルトビデオシリーズの、女優が脱ぐ前のインタビューでかかっていた曲だと。

特に我慢していたつもりはなかったが、小便はやたら長かった。腰をふりながら、今度はさっき琴美の前で端折った「場面」を反芻した。

死んだと思われていたキン肉マンが生きていたと分かる場面も、迫力の大ゴマだ。

スタジアムを埋め尽くす人々が望んでいたのはロビンが「勝つ」ことだった。「死者を出す」ことではない。

悲痛な観客の様子にロビン・マスクがうろたえているページを、だがめくるといきなり、彼の身体に肩車の状態でキン肉マンが乗っかっている！　確信に満ちた、不敵な笑みをたたえながら。さらに隣のページに進めば、その体勢からロビン・マスクをローリングクラッチホールドに——文字通りに——巻き込むのだが、そこに「ワーワー」というような歓声は被せられない。「司会者」さえ無言。技をかけられているロビンはもとより、会場中の誰もが、あっけにとられているのだ。かろうじてレフェリーが3カウントを取って、勝ったあとも皆が無言。主人公だけだ、その後起こる（起こす、のだが）ことをあらかじめ分かっていたのは（つまり、アニメの主題歌と真逆だ）。奇跡的な逆転劇で大歓声に包まれるのは、もっと何ページか後のこと。

死にそうになるとか凄絶に痛めつけられるとか、漫画はしばしば、そういった窮地とそこからの鮮やかな逆転を描くものだ。だが、こんなにも静かな、人を喰った、笑える、爽快な逆転劇を俺は他に知らない。

端折ってしまったが、今の琴美にこそふさわしい逸話だったのではないかとも思う。癌の再発リスクなんて、あいまいなものだ。再発したら確実に余命宣告されるというが、それだって「厳守」はされない。死ぬかもと思っていたら不敵な顔で見開き二ページ、ということが、人生にだってあるはずだ。

琴美が先にトイレを出ていたのが意外だった。壁を見上げているので近づいていくと、ツバメの巣をみているのだった。

「さっき、親がきたよ」餌を与え、またすぐ飛び立ったと。一緒に巣をみて、すぐに琴美の横顔を眺めた。もう干し首のようではないが、元から小さな頭、生白い首や華奢な身体の線を眺める。少年のようだ。先の燕に関する言葉も、子供が親にする報告みたいな口調だった。俺のみてきた限り、それまで須崎は肉感的な女を好んで口説いていたような気がするから、琴美に入れあげているのが意外でもあった。脇にきたカップルが燕の巣にカメラを向け始めたので二人で歩き出した。

売店で琴美は飲み物を、俺はミントタブレットを買った。琴美が手の中のレシートをゴミ箱に放ろうとしたので止めた。

「ちょうだい」本当は、なくても困らないのだが。

「?」

「レシートは、確定申告に使える」

「そうなの、でも、百五十円だよ」

「俺の税理士はなんでも経費にしちゃうから」税理士ではないが、友人の永嶺は自分の青色申告も初日に終えてしまう男で、俺も少額を払って申告を頼んでいる。

「じゃあ、はい」元気な仕草で紙片を手渡してくれた。煙草を吸い終えた須崎がやってきて、このあとのプランを説明した。

浜松インターまで須崎の運転で高速を降り、昼食を兼ねて二度目の休憩。最高の鰻を食べ、伊良湖岬まで移動。フェリーに乗って鳥羽で水族館に寄ることになっている。

「鰻、鰻」と琴美はそれが最終目的であるように唱え、今度は助手席に乗り込んだ。

俺はキーを須崎に手渡して後部座席へ。琴美はまたゴキリと背骨を鳴らした。真似をして両腕を前方にのばしつつ、首を動かしたら小さく肩が鳴り、痛みに顔をしかめる。

「伊勢神宮ってなに、なんでそこにいくの」琴美の今さらの疑問で再出発は幕を開けた。須崎は高速に合流してからミラーの位置をなおした。

「二十年に一度の遷宮だからだ」

「せんぐう？」俺も実は、なぜ伊勢神宮なのかよく聞いていなかった。

「二十年に一度、ご神体をだな、つまり神様を、新たな建物に遷して迎える……つまり、単純にいうとだな、今の伊勢神宮は『神いる感』が半端ない、パチンコでいうなら確変状態だな」

「神いる感？　それはつまり『神無月』みたいなものか」

「まあ、そんなことにしておこうか」須崎はもっぱら追い越し車線に居座り続けた。

「神奈月は私だって知ってる」

「それは物まねタレントだろう、神無月ってのは十月のこと」俺がミントタブレットを口に放ったことに気づき、琴美はすぐさま振り向いて手を差し出した。ケースごと渡す。琴美は須崎にミントいるかどうかを尋ねず、自分だけ何粒か口に放ると俺に返して寄越した。

神無月は、日本中の神様が島根県の出雲大社に集まる月だ。神がいなくなるから「神無月」と書いてかんなづき。

「なんで？」琴美の声音は好戦的だ。ただの疑問形ではない。

だから逆に、出雲の国だけは十月のことを神在月と呼ぶんだ、と本来なら続くはずだった雑学の後半を言う機会を逸した。

「なんで十月には神様皆そこにいっちゃうの」

「なんか、あんだろ」須崎が前をみたまま、同じくらいぶっきらぼうに応じた。

「なんかって？」

「総会とか」

琴美は少しだけ八重歯をみせた。ニット帽に小さく編み込まれたアルファベットが、鏡の中で反転しているのを脳内で元に戻す。

EXODUS

ちょうど車内BGMがボブ・マーリーだ。ニット帽の下の顔は化粧っけがなく青白いが、琴美の顔色はだいたいいつも青白い。

「神の総会？　なにすんの」

「なんか、あんだろ」同じフレーズが繰り返された。

「なんかって？」

須崎がハンドルから手を離して指の骨をぼきぼきと、それを聞くや琴美もまたゴキリと鳴らした。

「神同士、話すことあるんだろう、いろいろ。あとは……レクとか」レク。俺は小さく吹き出した。

「神様が？」

「ヤオヨロズの神が、温泉入ってカラオケを……」俺も、おそらく琴美も思い浮かべた。漫画でいうなら『聖☆おにいさん』か、いや、もっと大勢だ、なにしろ八百万だ。

「せっかくの出張で、総会だけで解散だと寂しいよね」

「夜、東横インのシングルでコップ酒じゃな」

「福利厚生がないと」

「絵柄でいうと、しりあがり寿的な」

「久住昌之、いや、泉昌之的な」

「全然、わかんない」琴美は漫画に詳しくない。

「『おほかたは空を使へり神の旅』ってな」

「それは、なんの漫画？」

「漫画じゃなくて俳句、寺澤一雄の」後部座席は楽だ。鉄塔をつなぐ送電線のたわみや、山の稜線や手前の町並みを眺めながら、神の旅を思う。

神無月に出雲大社へと向かう神たちの、大方は空を使って移動する。そういう句意だ。

一人の神様が、ほぼ空を飛んでいくが、ときどきは歩いたりもする。あるいは個々の神様の、そのほとんどが空を飛んでいくが、中には歩いたり、土の中を進んだりして向かう奴もいる。自転車や、新幹線のグリーン車で向かうのもいるかもしれない。空の方が楽だし早いだろうに。

東名高速を愛車でぶっ飛ばしていく神もあるかもしれぬ。

「それは、いい俳句だね」琴美の素直な褒めの言葉をうけたが、さっきから窓外の景色をみつめつつ、俺は少しく感動していた。褒められたことや、自分であげた俳句にではない。須崎にだ。

「フィーバー状態の」伊勢神宮に、本当の願掛けにいくのだ。

琴美の快癒を願いに。たしかに出発前に、須崎はそう説明した。伊勢神宮で快癒を願おうと。そのとき感動しなかったのは、フィーバー状態を知らなかったからか。言語のことでなく今、まさに前に向かって進んでいる時速百キロの「渦中」に包まれたからか。空を使わずに、まっすぐに、我々の前進は、それ自体が意志の現れだ。

座席越しで須崎の顔はみえない。琴美はまるでぴんときてないようで、音楽これじゃなくしていい？　と須崎の音楽プレーヤーを勝手にいじり出した。

須崎が飛ばしたので浜松には午前中に着いた。車中で電話予約を入れた鰻屋の、入り口に置かれた観光マップを卓上に広げる。地図をみればみるほどに、フェリーを使う甲斐があると思える地形だ。ショートカットという言葉がとても似合う。「弘兼憲史の『ハロー張りネズミ』でも、愛人を殺そうとした男がこのフェリーでアリバイ工作をしていた」二人とも知らぬらしく、相槌は特にない。

琴美は須崎と俺の会話に漫画のたとえが多いことに対して特に揶揄の言葉を入れない。特に俺に関しては職業柄のことでもあると慣れている。

須崎は俺にビールを勧めたが断った。せっかくだから港まで運転してみたかった。須崎は琴美が鰻を残さず食べるかを注視している。手術を無事に終えた琴美は、青白い顔色と裏腹に旺盛な食欲だ。須崎は少しでも琴美を太らせたいといっていたから、ほっとした表情を浮かべている。

今度は琴美が助手席に、須崎が後部座席に座った。畑と住宅と混在する、浜松の街を通り抜ける。

「少しは運転に慣れてきたみたいだな」

「そうかな」

「走りやすいな、いい車だ、ラシーンは」

「お目が高い」俺は悦にいった。初めて免許や車が二人のために「役立っている」実感も湧いていた。

免許をとったのは気まぐれではない。実家近くに暮らしていた兄の急死で、家にまつわる諸事を俺が引き受けることになった。免許も、実家の年老いた両親の面倒をみるのに、不意に必要になった。葬儀の後、何度か帰省して痛感したのだ。免許のない者が田舎になにか用事をこなしにきても、役に立たぬどころかむしろ足手まといだということを。それまで兄に甘えていたことを痛感したし、不意に「家」の存在がせり出してきた。免許は個人のためのことでない、「家」の誰かが継承する技能なのだと。

俺は、自分が家のために生きているという「つもり」が薄い。家名とか一族ということも、普段は考えずに生きている。だけど、気づいたら身体が家のために動いていた。具体的には年老いた父母の今後のためなのだが、そうではない、初めて教習所でハンドルを握った刹那、生真面目で働き者だった兄が負っていたものの輪郭に触れた気がしたのだ。

だが、それから免許を取得するのに一年以上かかったし、まだ一度も実家のために免許を役立てていない。今ここで友人とその恋人のため、やっと少しだけ行使された。

「でも、あれがない。『くるまにポピー』がない」琴美が抗議したが、俺はさらに嬉しくなった。

「ずっと探してるんだよ」いつか人生で自分が車を買うことになったら、絶対に日産のラシーンを買う。買ったら、カーミラーに変なマスコットをぶらさげて、芳香剤のポピーを取り付けるんだ。子供の頃からみてきた車内の景色を再現したい。

「だったら、タクシー運転手がシートにつけてる竹の……」

「背中をマッサージしてくれそうなあれ？」

「そうだ、あれもつけて」

「了解、次のドライブまでの課題な」畑の合間の道を軽トラとばかりすれ違ううち、港に着いた。すでに我々の乗る船が接岸していた。電車と違って船ってものは常に「もういる」。

「鳥羽行きの鳥羽丸、か」船名を俺は読み上げた。

「ふつーう」別に船名になにか期待していたわけではないはずだが。鳥羽丸は船というより「道具」みたいに先端が九十度、開口している。

ダッシュボードから車検証を取り出して須崎に手渡す。須崎一人、車を降りて発券場に向かった。琴美はペットボトルのお茶を一口ふくんだ。海猫かカモメが滑空している様を目で追っている。俺はスマートフォンでツイッターをチェックし始め、車内はしんとした。

「須崎ってさ……」

「うん」

「私のこと好きなのかな」手に握ったスマホから、メールの受信を告げるチャイムが場違いに響いた。

「え、」なにをいってるんだとスマホを膝に置き、背もたれから背を離した。チミたち、あれじゃないのかね、つき合ってるんじゃないのかね。

　琴美は生真面目な顔で俺をみていたから、冗談めかすのはやめた。

「好きだろう」

「愛してるっていう好きかな」

「愛してるよ……うん、いや、絶対に好きだよ、でなければ……」伊勢神宮をわざわざ選んだりしないだろう。

「そっか」と琴美は遮った。その声がほっとしたような響きだったことに、またなんだか驚いた。外で海猫が鳴き、なにかのエンジン音も響いた。琴美はもう自分の、退院して買いかえたばかりのスマートフォンに目を落としていた。

　車検証の入ったビニールのホルダーと煙草を手に須崎が戻ってきた。フェリーに車ごと乗り込む。前進だけの、難しい運転ではないはずなのに緊張した。巨大なチョウチンアンコウの口にすいこまれるイメージ。

　出航後、絨毯敷になっているスペースの端で横になった。少しうとうとして、目が覚めると二人はいなかった。さっき琴美とのやり取りでみるのを忘れていたメールをみた。永嶺からだ。珍しく「相談したいことあり」などと書かれている。来月会えないかとの文面に返信をして、脱いでいた靴下を履き、靴をつっかけ、よろけながらとにかく歩いてみる。

　平日だったがけっこう乗船しているようで、その多くは生活のための移動というよりは観光客らしい風貌だった。

　甲板に出るとひんやりした風と波音に包まれる。しばらく海を眺め、転落した修学旅行生のニュースや、映画『トラック野郎』の菅原文太が、フェリーの甲板で乳首まで透けた服を着た女と出会う場面なんかを思い出しながらふらふらしていたら、遠くに琴美が船旅をしている人みたいに立っている。その奥の舳先近くではカップルが互いに写真を撮り合っている。

いや、みたいなのではなく、船旅をしている人なのだが。シルエットが小さくて健気だ。さっき真顔で「愛してるよ」と発話したことを俺は思い返した。須崎がという趣旨で放ったものだが、もうずっと、愛してるなんて日本語を発したことがなかったから、自分でうろたえたのだ。

深緑の床を歩いていくと、サングラスをかけた男が現れ、琴美に声をかけ始めた。男は名刺のような紙片を渡している。ナンパか。あんなガリガリになってても、こんな船上でもまだモテるのか。大病を患ってもなお美人は減らないってことか。

表情はみえないが、男が手を引っ張ったり強引な様子なので、俺は大股で近づいていった。表情がみえるようになると、やはり琴美は硬い表情だし、男は軽薄な手つきを示している。声をあげようとしたとき、出し抜けに琴美はニット帽を勢いよく脱いだ。

時間が静止したみたいに感じられた。男だけでなく舳先にいたカップルまで唖然としていた。俺がたどり着く前に男はもう喧嘩に負けた人みたいにあたふたとその場を去っていった。

　琴美がかぶっていたのは帽子だけでなかった。つるつるの頭部に陽光が兆し、輝いた。手術後も抗がん剤の投与は続いている。琴美は俺に気づき、二人並んで手すりに手をのせ、海をみた。

「前、一時退院したときさ……」琴美はまだ怒った表情のままだ。

「青山あたり歩いてたら、ちゃらい奴に『カットモデルになってよ』って声かけられてさ、今と同じようにバッ、って」既に手にしている帽子とカツラをまた脱ぐ仕草。

　俺は笑った。琴美もやっと少し笑った。須崎が背後からやってきて、手すりに並んだ。須崎は手すりに触れず、くわえ煙草で手はポケットだ。

「ああ〜、心に〜」海をみながら琴美が不意に口ずさみ、俺は二度見をした。車中ではいかにも興味なさそうに聞いていた歌を、覚えていたのか。

「愛がなければ〜　スーパーヒーローじゃないのさ〜」須崎が加わり、俺は遠慮した。変な気持ちだった。

　このとき、いきなり生じた変な気持ちこそが、人を好きになった、恋に落ちたということだと気づくのに、俺はかなり時間がかかった。

この時点では、歌う二人を横目に、俺はまた漫画のたとえを思っていた。現実も、ときには「見開き二ページ」になる。そして現実も、ときに誰もがなにかを感じるべきときに感じることを見失う＝呆気にとられる瞬間がある。

『キン肉マン』の主人公はやられるとき、本当に弱そうに、ギャグっぽく描かれる。豚みたいな顔を怯えさせ、肉ダンゴのように丸く縮こまってみせる。そのことと不敵な笑みをみせて勝利することの両立は、漫画でしかあり得ないことのようだけど、なんだかそう思わない。

我々は、人生のもろもろに対して全力で怯えて縮こまるし、かつ世界一かっこ良くふるまうこともできる。琴美は背骨をゴキリゴキリと鳴らしてみせながら、すまし顔をたたえている。須崎は琴美の帽子とカツラを手から奪い取ると、寒そうな頭にそっとかぶせ直した。琴美はカツラの位置を両手で調整した。

まだ自分の心のざわつきには囚われず、むしろ二人の様子に泣きそうになり、関係のない方向を向いた。フェリーが立てる白波と、海自体の波の模様と水平線を眺めた。眺めながら「アバンタイトル」という言葉を思った。ここまでが旅の序章だという気が、チンピラを退け（たのは俺ではないが）、三人並んで「オープニングテーマ」を歌ったことで生じたのだ。まだずっと、旅は続く。車は走り続けるし、会話は止まない、二人の気持ちもこれから確かめ合える。長い長い珍道中なのだから。

……たしかに、そう思った。だけど、記憶というものはそんなに格好よく残り続けない。そこまでだ。フェリーで着いた先の、鳥羽水族館やホテルで食べたお造りや翌日の伊勢神宮のことを、俺はほとんど忘れてしまった。

帰りの、夜の東名高速で須崎はパトカーにつかまった。追い越し車線に長く居すぎた。前に停めたパトカーに乗り込む須崎を、琴美は笑いながら、乗り出すようにして何枚も写真に収めていた。戻ってきてうなだれる須崎の姿もだ。俺はそのときもまだ笑って須崎を出迎え、つまりなにも自覚していなかった。

第二話　愛を取り戻せ！

美人のことは長く覚えている。

「美人だった」あぁ、いい湯だったというニュアンスに似た声音を運転席の永嶺は出した。ハンドルに両手の平を載せた格好で、まだまだひとしきり感動を味わいきってからでないと運転なんかしたくないという風だ。

美人を〝みた〟のはついさっきのことだ。

祥太と永嶺と二人、休憩所の外壁に並ぶベンダー式の自動販売機からコーヒーの出てくるのを待ちながら、さっき出会った女がコマーシャルみたいだったと絶賛し合っていた。盛り上がっている横を俺は通り過ぎてきた。トイレの後でお茶を買い求めていた俺は、その美人を見逃した。

「そんなに?」尋ねながら(どうやら自分はもうそれを目撃できないらしいと知って埋めあわせのように)自分の歴代の「美人の記憶」を参照し始めていた。サリンジャーの小説でも、作中人物の——ではなくサリンジャー自身が忘れずにいたかのような——美人の記憶が唐突に語られるし、読んだ自分もそこだけを覚えている。

左奥のシートベルトを引っ張り出しながら、いくつかの記憶を思い返す。高校二年の三学期に——俺の時代、一学年は八クラスも九クラスもあって、だから小・中・高どの校舎の廊下もべらぼうに長かった、その普段は使わない方の端っこの——暗い階段を無音で降りてきた長髪の上級生。ドームになる前の西武球場のライオンズキャップをかぶり背中にタンクを背負い汗だくでビールを売っていた女は太ももも込みで。数年前に取材で訪れてあと二度といく用事のない企業の受付嬢二人の髪は分け目がシンメトリーになっていた、その特に左側の方……。

日々のいろんなことを——認知症のチェックでよく問われる、昨日の昼ご飯などでさえも——すべて忘れるのに、一瞬出会っただけの美女のことは別のフォルダに振り分けて保存されるのらしい(「エロ画像は外付けＨＤＤに保存してる男、多いよね」

と、人気の女漫画家もエッセイ漫画に描いていた)。

祥太と永嶺が出会ったのはライダーで、バイクのヘルメットを脱ぎ去ったら長髪の美人だっただなんて、たしかに往年のコマーシャルめいていて出来すぎだ。目撃した女の示した動作はその逆で、長髪の美人が首を振りながらヘルメットをかぶり、大型バイクで出て行ったという。

「ナナハンでしたかね」後部座席の祥太ははしゃいだ声音だ。

「400だろ」永嶺はミラーの位置をなおした。座席を前にしてみて、元に戻した。

「追いかけるか」言ってみたら、祥太はハハと笑い永嶺はニヤリとうなずいてホルダーのコーヒーを手にとった。

「え、」だが永嶺はすぐにエンジンをかけない。まじまじとハンドルをみつめている。おしゃべりに夢中になっていたところに運ばれてきた料理があらかじめ注文していたものとまるで違うことに、ウェイターが去った後で気付いた人のように目を丸くした。その目つきのまま、ハンドル脇のキーの差し込み口をのぞき込むようにした。

「なんじゃこりゃ？」

「なんか、そこ押すんだってよ」

「……ふうん」

「サイドレバーもここだからね」指さして教える。左手に持ちっぱなしだったコーヒーカップを受け取り、ドリンクホルダーに移してやりながら、こういったホルダーが手を伸ばしやすい気の利いた位置に設えてあるのもまた今風の車らしいと実感する。今回は既に四人で、また二人拾うことから、俺の車の出番はない。

「え、あ、へえ」常ならば太股のあたりにあるはずのサイドブレーキレバーがないことにも永嶺は頷いてみせ、あるはずの位置でわざと手を動かして空を切ってみせた。

今朝早く、都心のレンタカー屋の店員に教わったときに俺もまるで同じ戸惑いを覚え、ハンドル脇をみつめた（すぐに発進させないと次がつかえている風だったので、あまりしげしげとではなかったが）。そのとき永嶺は寝ると決めていてかつそう宣言もし、発進前から後部座席でタオルを顔に載せていたから、俺のあげたわずかな戸惑いの声も耳に入ってなかっただろう。

自動車のそういうところはさまざまに更新されているのに、シートベルトの質感なんかは昔からまるで変わらないのが不思議といえば不思議だ。

ネット上の書き込み時間等をみても明らかに夜型生活をしている永嶺が、今日は寝坊しなかっただけでもよかった。徹夜明けのまま集合場所にきたノリオはもちろん、慣れない長距離運転を前に緊張していたとはいえ俺も眠かったし、レンタカー屋の店員さえあくびをかみ殺した顔だった。

「なんてったっけ、これ」

「これ、って車のこと？　ホンダの、フリードっていうやつ」六人乗りで最も安いのを選んだら荷室がほとんどない、（重複表現になるが）小さなミニバンになった。

「聞かん名だ」

「まあね、でもそんなことをいったら、今、俺らの知ってる名前の車なんて、ほとんど走ってないよ」

「そうな、そうな」内蔵されたカーナビから女の声が響いた。

「ＥＴＣカードが、挿入されていません」フロントに組み込まれた大画面のカーナビが告げる、これはむしろ近過去の、懐かしい声音（最近のＥＴＣカードリーダーは言わないことが多い）。

「はい、はい」永嶺の返事は俺の母親みたいだ。実家で、ご飯が炊けたと告げる炊飯器にいちいち返事をする母のそれと同じ抑揚。

「おーし、それじゃ、野郎ども……」やっとエンジンを始動させて永嶺は後部に一瞬だけ顔を向けた。

「出発だー！」うぇーいと語調だけは「野郎ども」っぽいが覇気の薄い返事が後部席から返ってくる。最後部の三列目でずっと寝続けているノリオも一瞬だけ呻き声をあげた。ぐるり、車が動き出す。旅程では立ち寄る予定のない高坂のサービスエリアだった。祥太が急にトイレに行きたがったのだ。挽回しなければいけないというほどのロスではなかったが、永嶺は勢いづいていた。北軽井沢に住む友人夫婦を拾って、日本ロマンチック街道を北上して温泉に。

カーナビの女声が、合流注意を音声と矢印表示でうながしたが、そっちには永嶺は返事をしなかった。カーナビ画面隅の「到着予定時間」は、さっきまで示していたのより十分程度の遅れを示していた。

高速に合流すると永嶺は即、三車線の追い越し車線に移った。加速の強さに意志を感じるが、まさか本当に美人を追うつもりか。

「ハイチュウくれい」

「はい」後部座席の祥太がビニール袋をがさがさいわせる。早朝、レンタカー屋にいく前の駅中のコンビニで、二人きゃっきゃいいながら買い物していた。年が二十歳近くも離れているようには思えないし、学校の講師と生徒という関係にもみえない。どっちも生徒みたいだ。

　そもそもが永嶺の教えている学校が、〝学校〟らしくない。都内には今、専門学校とも、カルチャースクールとも異なった、社会人が退勤後に通えるさまざまな講座を集約した学校が生まれている。たとえばただの英会話ではない、接客専門の英語教室とか、趣味的なことでもより専門、細分化された講座を集めたものだ。少子化で廃校になった校舎を借りて、何とかかんとかの法人が運営している。その中で、「本を出したい人のための文章力講座」「出版講座」といった短期間の講座を永嶺は、本業の編集業のかたわら定期的に開催している。俺もライターとして何度かゲスト講師に招かれていて、いつ伺ってもそれなりに盛況なのが不思議だった。祥太はそこで我々になついてきた大学生だ。

　祥太から座席越しに伸びてきた指先の小さな直方体をいったん受け取り、包み紙をむいて永嶺の手に載せてやる。

「あ、しるこサンドもありますよ、実家の……」

「いらん」

「はい」ぴしゃりと遮られ、祥太はがさがさのビニール音も止めた。

「ミュージック！」口に含むものの次は、耳のためのもの。ハイチュウをもぐもぐ嚙みながらも永嶺の語尾には、野郎どもいくぜの海賊ぽさがまだ残っている。音楽は祥太ではなく助手席の俺の役目だ。

「イエス」カーステレオには俺の旧式のｉｐｏｄがつながっていて、いつの間にか座席下まで落ちている。前回の伊勢神宮旅行の際に買った接続ケーブルが、やや長すぎた。たぐり寄せる。レンタカーショップから高坂までは自分の選曲でやってきた。

あらかじめ永嶺から受けとっていたファイル帳（というべきものか？）から、ＣＤを取り出す。ツヤ消しの真っ白い盤面に「サマーチューン」とくっきり黒サインペンで記されている。まるで夏らしさを感じさせない汚い文字をしばらく眺めた。

カーナビの液晶画面を操作すると、画面自体が電動で倒れ込み、ＣＤ挿入口が現れる。ディスクはスロットの切れ込みにするり、滑り込んでいった。

このドライブでは運転手がＶＩＰだ。永嶺がそうあるべきと宣言したのだ。ＶＩＰが飴といったら飴を差し出す、お茶といったらお茶を手渡してやる。運転ぶりは決してけなさず、ミスをしても叱責ではなく、励ます。

永嶺は普段から、運転できる人とできない人を区別している。しない人を嫌い、する人を好しと単純に区別しているわけではなく、なんというか、煙草を吸う者が吸う人・吸わない人を敏感に意識する様子に似ている。永嶺は、それなりに長い付き合いの俺が最近になって今さら運転免許を取得したことを、ずいぶんと喜んだ。免許証交付の日にはわざわざ落ち合って、あらたまって寿司を奢ってくれたほどだ。フリーになってから知り合ったのだがそれでも十年近くの付き合いで、出版社の経費ではない、個人的な奢りを受けたのは初めてのことだから戸惑った。俺の免許取得は、単に個人がある資格を得たということではない、ウエルカムアワールド、と同類の誕生を自分のこととして喜んでいる風でさえあり、意外だ。須崎が初心者の俺に慣れさせようと、わざわざ旅程をシミュレーションしてくれたこともだが、車を運転する者の心には、仲間を減らすまいというような気持ちがどこかで働くものらしい。

ディスクを認識する一瞬の間のあと、自動で一曲目のイントロがかかり、俺は吹き出した。クリスタルキング「愛をとりもどせ!!」。

「アハハ」

「なんですか、これ」叫ぶような第一声が助手席と後部座席とで揃った。さらにその後部席の、真性のオタク漫画家であるノリオが反応しないかと気配をうかがったが、徹夜明けのまま、気配を感じさせずに寝っぱなしだ。新雑誌のコンペの〆切にぎりぎりで間に合ったらしい。

「ＹｏｕはＳｈｏｃｋ！」の鮮烈な歌い出しと、追い越し車線でさらに加速し始めたのとタイミングがぴったりあう。景気のいい曲調は高速のドライブに似合っているかもしれないが、とにかくまあ、ぜんぜん、これはサマーチューンではない！

「え、なんですか、これ」祥太は疑問を繰り返す。若者だから、もちろんこの曲を知らない。永嶺は笑ったまま教えない。

「これって、アニソンですか」検索でなんでも知ることができると思っていて、なにかを知らなくても動じない世代だ。だから俺も笑ったまま教えない。

実際、我々の返事がなくてもいっこう構わない様子の祥太が俺にも白くて四角いハイチュウを差し出してくるのを断ろうとして、やっぱり受け取る。男が男から飴をもらう機会は少ないが、こうして受け取ってみると、まるでときめきがない。頬張ると永嶺に与えた分とあわせて包み紙が二つ手に残る。ハイチュウの包み紙は白くてすべすべしている。この感触は昔のそれと同じだ。

「あんまい」嚙んでみて驚く。部活帰りに口に含んだときの記憶よりもずっと甘い。なんというか、中学時代の味だ。まだ、美人をみても「別フォルダ」にいれる意識さえなかった、そもそも周囲に美人がいても気付いたかどうか、そういう年頃だ。そのかわり（かどうかは知らないが）クラスの男子は皆みていた、アニメの『北斗の拳』を（もちろん『キン肉マン』もだが）。あれを放送していた頃、森永ハイチュウのコマーシャルに出ていたのはとんねるずだった。今は誰なんだろう。今の若者にもハイチュウはメジャーな菓子だろうか。

「甘いですよね」祥太は助手席と運転席の隙間から顔が覗く位置にいて、能天気な表情をみせつづける。

車名や、そのキー周りだけでない、ちっぽけなお菓子だって時とともに「更新」されているだろう。子供の頃、ニッキ飴を祖母にすすめられてオエっとなった。父母が車内で食べていた定番はカルミン。いつの間にかそのすべてが「古い」菓子だ。ハイチュウも、より下の世代には見え方が違うはずだが。

出がけにネットで確認した天気予報では、北関東の天候はおおむね晴れるも不安定と言っていた。梅雨明けはまだだが気温は三十度を超えるところも、と。とりあえず目視する限り、遠くまで雲の気配はない。
「飛ばすね」小さな六人乗りのフリードは軽自動車、トラックを悠々と追い抜いていく。まさか本当にバイク美女に追いつこうという腹か。永嶺は曲がサビの甲高いところになると〝ちゃんと〟甲高い声になって口ずさんだ(クリスタルキングなんだから、そこで高い声を出さねば甲斐がない、とでもいうように)。

俺との愛を守る為
お前は旅立ち　明日を

「見・うしな・った!」のところで永嶺はまぶしそうに目を細めた。

頬笑み忘れた顔など　見たくはないさ

続く「愛をとりもどせ」には高らかにビブラートをかけ、永嶺は道の遠くを見据えた。俺はアニメ『北斗の拳』オープニングのアウトロで主人公があり得ないほど強大な（存在感ではなくサイズが）敵に、あり得ない角度からの跳躍で挑んでいくシーンを思い出していたが、永嶺の横顔は完全にアニメ本編の、愛するユリアを助けにいく者の表情をたたえている。

後部座席の二人は知らないことだが、そういえば永嶺は子供に会いに行くのだ。

「子供が出来た」永嶺の相談の内容はごく短く、下駄箱から廊下を歩き、まだ居酒屋の席に着く前に、趣旨の説明は終わってしまった。

「子供が」下駄箱の平たい鍵をポケットに入れ、忘れないように指で押さえて確認すると

「自分のかもしれないし、自分のではないかもしれない」永嶺は禅問答のような言葉を続けた。え、あ、へえ、と要領を得ない返事をしながら薄暗い居酒屋の店内でとっさに永嶺の表情をよくみようとしたのを覚えている（自分「の」の「の」は、「子供」にかかるのだよね）。永嶺は、無表情だった。

今も無表情なまま、乗用車にトラックを数台、立て続けに追い抜く。先の伊勢神宮

行きで追い越し車線に留まりすぎたせいで切符を切られた須崎のことを思い出し、いおうかと迷ううち、車はやっと真ん中の車線に戻った。永嶺と須崎はぬけぬけとしたところが似ているが、スーツ族で堅い須崎の方がときに感情的で、フリーランスの永嶺の方が如才なさを備えている。

「このさき、みちなりです」なぜこのタイミングでか分からないが、カーナビが告げた。カーナビ画面の真ん中には水色の線がにょろっと敷かれており、「みちなり」と言わずもがなのひらがなが右上に表示され続けていて間抜けな印象だ。

「知ってる」遅れて永嶺は言った。碓氷(うすい)軽井沢インターまで分岐は藤岡ジャンクションの一度だけだ。

　CDの一曲目が激しくも馴染みの（上の世代にのみ）ある、ノリのよいアニメ主題歌だったのはいいとして、続く二曲目が同じアニメ主題歌のエンディングの方「ユリア…永遠に」だったことには思わず、なにか意見を言いたくなった。

「これの次はもちろん『大都会』だよ」その前に永嶺に先回りされた。ということは、このCDはクリスタルキングのベスト盤ということか。だとしたら有名なのは「大都会」と『北斗の拳』の主題歌くらいで、もうあとぜんぜん知らない曲ばかりではないか。永嶺は口の端に笑みを浮かべている。

「しかし、よいものだなぁ」

「クリスタルキングが？」

「いや……」激しいオープニング主題歌と一転、哀切なバラードのムードにも永嶺は表情をあわせているようだが。

「……女の乗らない車というものは」と、わざとたっぷりためたのか、それとも自分が話している途中だということを（ぼんやりして）一瞬忘れたのか（俺もよくやる）、かなり遅れて永嶺はそう続けた。

「うん、いいものだ」朝のレンタカー店からの運転で俺がすでに感じていたが言語化できていなかったことを明確にされ、思わず永嶺の顔をみながら深く頷く。さっきの、自分の運転中のプレイリストは、少し前に男女数名でドライブした時用に編集したものので、同乗の人々の趣味嗜好を――特に女性がいることを前提として――意識したものだったが、たしかに、今はもっとのびのびと本当に好きな曲をかけていい。天井がどこまでも高くある開放感にいきなり気付いた感じ。

電話が鳴る。スマートフォンの着信画面には二文字「卓郎」と表示されている。

「おう、今さ、移動中で……」

「なんですか、めちゃくちゃ楽しそうじゃないですか」出し抜けに卓郎は怒り出した。永嶺は遅れて音楽のボリュームを落としてくれたが、「ユリア…永遠に」の二番が電話越しに丸聞こえらしい。ライター仲間の卓郎とはカルチャー誌の漫画評の連載を交代でやっている。次の漫画評で取り上げる作品を選ぶ打ち合わせ日を定める電話だ。

「例の〝A先生〟のムックですけど、やっぱり記念館にいって取材した方がよいって」〝A先生〟もかねてより楽しみにしているムック本作りは、二年越しの大仕事になっている。

「じゃあ富山に、やっぱりいくことになるのか、いいよ俺は……あ、あと、そっちの打ち合わせは来週の火曜か水曜って、〝オシャレ〟にもいっといて」電話を終えると、業界の話に興味津々の祥太がオシャレって、Z出版のOさんのことですよね、と食いついてくる。優良企業に就職希望の祥太には、一介のライターである俺やフリーの永嶺よりも、大手出版社の有名編集者であるオシャレが気がかりなのだ。そんな名よりも、A先生と仕事する方が、よほどすごいことなのに。

「オシャレって〝王子〟のこと？」永嶺は永嶺で別のあだ名を出してきて、そっちの名もなんだかヒドい。ここにオシャレと卓郎がいたら、さらに楽しかったろう。

車は大型のタンク車の後ろについた。道はすいていたので、前方にタンク車はずっと前からみえていた。背後に近づくと、シルバーのタンクに我々のレンタカーが映る。銀無垢とでもいいたくなるような、まっさらなシルバーのタンクで、そのタンクのふくらみの中に映る我々は、意外なほど遠くにいた。タンクの背面は左右対称の楕円で、道はまっすぐだから、我々の走りもあらかじめ録画された映像のようだ。タンクの中にもおおむね晴れた空があり、道路もあり、未だ馴染みの薄いホンダフリードは我々に正面をみせ、懸命に走り続けている。近づくとタンクは鏡のようにクリアなことがさらに実感され、中に閉じこめられて疾走する自分たちが不意にけなげに思える。子供の頃に「はたらくくるま」の絵本でみたタンク車は、こんなにぴかぴかしていなかった。子供時分にこのぴかぴかに出会ったら、絶対に喜んで声をあげたろう。右下の「危」の文字は大きく、タンクの輝きと対照的に泥で汚れていた。

今も、もしかしたら自分は喜んでいるのかもしれない。もう四十歳なのに。ぴかぴかだ、と。

「あれ、ああいうの、最近だよね」

「そうかもね」永嶺は答えるが、祥太にもさらに尋ねる。ときどき、いろんな事物について、年下がちゃんと知らないということを確認したくなるのはなぜだろう。

「『カーズ』に出てきますよ、主人公が自分の姿を映してました」祥太は教えてくれたが最近のCGアニメ映画に俺も永嶺もうとく、反応が鈍くなった。

永嶺はタンク車になおも接近したが、やがて「映っている」ことを堪能し終えたか、これ以上近づいたら煽ることになると思ったか、ウィンカーを出して追い越し車線に移った。

「はい、横にも映るぞー」ちゃんと映るところをみろ、あるいはちゃんと映れと命令のような言い方をして、タンク車を追い抜く。今度は胴体部分を、ひょろ長く伸びた我々が移動している。

「お、映ってる映ってる」

「おぉ」祥太も俺も付き合いがいい。

「これってさ……」永嶺は前方をみたままだ。昔はこんなタンク車はなかったよな、という話題になるかと思ったが
「……噛むとなくなるのな、忘れてた」と続けた。「これ」は鏡みたいなタンク車で

はなくて口に含んでいたハイチュウのことだった。追い抜き終え、車線を戻しながら永嶺は目をしばしばさせる。居酒屋で子供のことを告げたときと同じ表情だ。

数年前にはやった「個室で飲める」タイプの店で、でももう個室で飲めることなんてどこの居酒屋もウリにしていないから、案内されたときは失敗したと思った。「本日、ここしか空いてなくて」しかも対面ではない、並びの部屋だったが永嶺は頓着せずに奥に腰を滑らせた。薄暗い狭い「個室」に男二人横並びになり、永嶺も俺もおしぼりを遠慮なく（紙のおしぼりでなかったことにやったと思いながら）使ったものだ。

「あ、もう一個たべますか？」

「いや、いい」背後からまた菓子を一かけら差しだそうとする祥太に対する永嶺の返事にはそういう意味で言ったんじゃないという響きがあった。ＣＤの三曲目以降はクリスタルキングの「大都会」ではない知らない曲で、別に安堵でもガッカリでもないが、とにかく音楽からは気持ちが離れる。

草津の温泉についたら、永嶺だけいったん別行動だ。入籍するのか単に認知をするのかなど、メールではまだ話し合ってないそうだ。

こないだの居酒屋でも俺が左、永嶺が右に座っていた。永嶺とは一緒にアイドルの取材にいってからの仲だ。さんざんな取材だったが、その愚痴を言い合いたくて帰りの居酒屋で意気投合した。俺は食べるときだけ左利きだから、そのときから並んで座る際、必ず俺が左になっている。

「入籍か認知かってことになるの」率直に尋ねると、まあ、そういうことなんだろうなと実感に乏しい返事だった。女は草津温泉の旅館で働いているという。いわゆる独身貴族が不意に「赤ちゃんができた」と告白される場面には滑稽なほどの苦悩が伴いそうなものだが、焼き鳥串の盛り合わせに七味をふりかける永嶺の表情は、いつもより少し暗いかな、といった程度のものでしかなかった。

「へえ」とかなんとか、そんな相鎚しかうたなくなりそうだったが、もう少し踏み込まないととも思った。

「待て、子供もだけど、その女はなんだなんだ」つい、責め立てる調子になったが、責めるつもりはなかった。温泉街にこもって子供を育てるとは。平成も四半世紀過ぎた時代に、そんなに幸の薄いふるまいをする女がいるというのか。業田良家の割と最近の漫画に、たしかそんな筋のがあったが。

「いや、なんか、実家が旅館やってて、親もみてくれるから楽なんだってよ」

「へえ」少なくともそういうやりとりが出来る程度には穏当な関係なのだと思い、安堵して枝豆を食べてハイボールを飲んだ。実際には、関係というものはそんな単調なものではない。親もみてくれるから楽だよ、とカジュアルに言いあえることと、深刻なやり取りは併存しうることは分かっていたが。

居酒屋を出てタクシーのある通りまで歩くころになって永嶺はやっと、いやぁ、参ったなぁ、とボヤき、そのことにもまた、安堵ではないが、それに似た気持ちを抱いた。参ったのは相手の女性もだとは思うよ、と公平な言葉ももちろん浮かんだが、今は言わなくてもいいかと飲み込んだ。子供ができたかも。若い頃に言われて俺自身がかいた脂汗を思い出そうとしたが、既にぴんとこなかった。

ここ数年で周囲は父母になる者ばかり。フェイスブックには子供の姿（その子の肖像権を踏まえて後ろ姿）ばかり流れてくる。それはそうだ。俺だけでない、周囲の誰もがもう人生の後半戦だ。今なら自分も、脂汗はかかないだろう。

一人で、子供に会いにいくということを後部座席の二人には隠している（その時点である意味すでに「隠し」子だ）。表向きはあくまでも、取材を兼ねた慰安だ。あの夜、タクシーに乗りこんだ永嶺を呼び止めてした提案を、彼は断った。その子供と会う時、俺もついて行こうかという提案だ。提案しておきながら、ついていって俺になにが出来るのかまるで分かっていなかったのだが。

二人を信じていないわけではないが、永嶺とだけ十年来の付き合いで、祥太もノリオともこの一年間で知り合った。ノリオは世のどこでも流行してない、マイナーなボードゲームをあれこれ遊ぶ仲間で、ネットの普及なしには知り得なかった同士だ。ほんの十年くらい前まで、そういう集いにくるのは男が十割だったが、人狼ゲームが流行ったりして、男女比は半々くらい。今は祥太も永嶺もときどき参加している。「サイコロ」しかみたことがない女性参加者がゲーム用の二十面ダイスを指でつまんで不思議がる姿は、かつてのオタクからすれば隔世の感ありだ。

顔をあげると遠くのカーブの向こうに、耳搔きみたいな形の外灯が連続してみえる。「追いつかないなあ」永嶺はボヤき、本気でバイクを追っていたのかと呆れる。視界の遠くにあった、耳搔きみたいな形の外灯の並ぶ下を通り抜けるとき、曲が変わった。しばらく分からなかったがTMネットワークの「SEVEN DAYS WAR」と気付く。

「ぜんぜん、サマーチューンじゃない」

「そうか？」永嶺はとぼけている。

「宮沢りえが戦車の砲身にまたがってたなあ」永嶺は映画の場面を回想したが俺は高校時代の、小室哲哉が大好きすぎて、仲間内でまわしたリレー小説の主人公が出会う男の名をテツヤにした文芸部の女を思い出した（テレビやネットのニュースなどで小室哲哉の話題が出ると必ずセットで思い出すようになってしまっている）。名前は忘れたが、のっぺりした顔の、常にけむたい表情の女だった。いつか田舎に（当時の）恋人を連れて帰省したついでに出向いた、地元のひなびた遊園地の狭い受付で、もぎりをしていた。受付が電話ボックスみたいな小ささで、高校卒業後の十数年間ずっとそこに押し込められて生きてきたかのように、彼女は貧相にみえた。

曲はまた知らない、これも昔のアレンジのものになった。録音レベルがバラバラだから、高速を飛ばしたりしていると聞きとれない曲が出てくる。カーナビが急に喋った。ずっと「みちなり」と間抜けを相手にしているみたいにひらがな表記を点滅させていたカーナビだが、分岐を告げた。車が陸橋をくぐったところで女声ボーカルのサビがよく聴こえるようになった。

「『ＭＡＹ』だ」俺が気付いたところで永嶺は指を伸ばし、曲を頭に戻した。斉藤由貴の、大ヒットはしなかった曲だが、なんとなく覚えていた。どういう曲順なんだと改めて呆れつつ、永嶺の自由さも感じる。好きな曲をただ聴きたいのだ。

MAY　そんなにふくれないでよ
　笑った顔見せて　いつもみたいにおどけて

「昔のヒット曲の中の女って、よく『おどけて』るよな」永嶺が歌詞に対して批評を口にし、はっとなる。九十年代の終わりにナンシー関が同様のことを、ある女性タレントに対し指摘していたが。

「現実の八、九十年代の女も、そうかもね」男がどんどんおじさんになっていくことは、たとえば靴下の形が古いとかダジャレをいうとか、さまざまに云々されるけど、女が古びていくことは、それほど細やかには言語化されない。単に、男（は鈍いので、そ）の耳に入ってこないだけだろうか。おじさんがおじさんになることも、おばさんがおばさんになることも、厳しく観察しかつ言語化するのは常に女の側か。

たとえば「電車の席を必死でおさえて絶対に譲らない」というような、いかにもあつかましい「おばさん」像だけが喧伝され、それも八十年代に『オバタリアン』という（漫画というよりは）呼称でくくられてからイメージの更新も特にない。でも、実際には男と同様に女も古くなっていく。少し前に、なんだか付き合い続けることができず、こちらから別れを切り出して別れた女が、おどける女だった。「おーっと」「おいおい」とツッコミの前置きを入れるのが、いつもうっすら恥ずかしかった。

また一つ陸橋をくぐったところで、（俺の思考とは無関係に）永嶺はここにいない山田夫妻の話を初めて切り出した。あ、切り出した、と思った。ボードゲームの会でも中心人物である山田夫妻が今ここで両方、あるいは片方でも乗っていないことは、ここ最近の我々の交遊においても珍しいことなのだ。

「山田さんたちのことだけどさあ、どこまで知ってるの？」永嶺はまず祥太がどこまで知っているかを探ろうとした。最近参加し始めた女性メンバーと山田夫との浮気と、その発覚にまつわる騒動を、仲間内でも知る者、知らぬ者といて、最近のゲーム会は話題の広げ方が難しくなっていた。普段遠くに暮らすノリオは知っていただろうか、バックミラーにも未だ姿が映らない、鼾も聞こえないから、本当にいるのか不安になる。

「え、なんですか」祥太はシラを切っているのかもしれない。

「知らないなら、いいよ」

「え、なんですか、最近、二人の姿をみないけど、なんかあって、別れたんですか？」

姿をみないというのはネット上の書き込みがないという意味だ。

「戸倉はあのあと、両方に会ったんでしょう」

「別々にね」俺は頷いた。浮気した山田とされた山田の妻、俺は昔からどちらとも親しかったから、釈明やら呪詛やら、聞く役になったのだ。

「どうだった？」

「うん、両方に超いい顔した」

「アハハ」永嶺は声をあげて笑った。「どうだった」という質問は二人の様子を尋ねたもので、俺の対応を訊いたのではない。だが永嶺はそれで満足してしまったようだ。

「『分かるよ、分かるよ』『そうなったら仕方なかったと思うよ』『山田さんは少しも悪くないと思う』」二人それぞれにかけた言葉をひとしきり再現してみせる。

「まあ、なるようになるだろ」不倫でなくても、カップルが発生することはこれまでも珍しくない。ゲーム会などと言っているが露骨ではない「出会い系」のようだとも思う。永嶺が教えている「学校」にも似たことを思っていた。各人、学んだり遊んだりしたいのは嘘ではないものの、本当は方便でもあるんじゃないか、とも。

「まあね、二人、結婚してないんだから」

「誰と誰が組み替わってもね」

「別にね」

「え、あの山田夫妻って、夫妻じゃないんですか」

「入籍はしてない、事実婚的なあれだろ」ネットで始まる付き合いは、相手に対して知ることと知らないことの個人差が大きい。たとえば陽気さ陰気さ、職業にまつわる特技や話題などは知悉しあっていくのに、誰もが誰もの詳細な事実を知り合わないまま「仲良さ」だけ保証される。

「まあ、子供もいないですしね」と祥太が、別れ話の大変さについて知った風な言葉を無邪気に続ける。永嶺の顔をうかがうと顎をさすりながら「ＭＡＹ」の真っすぐなサビ（好きよ　好きよ）を口ずさんだ。話題を、それこそ祥太の恋愛の話にでも転じようかと思ったとき
「あ、あれ」前方、左側の車線に小さくバイクがみえてきた。

「さっきの？」先のサービスエリアの女か。美人かどうか分かるはずもないのに目をこらす。焦茶のヘルメットに黒っぽいつなぎ。

「追いつくの早いな」と俺が思ったことを永嶺が口にした。おかしい言葉だと一瞬だけ思った。永嶺は自分で車の速度をコントロールできるのだから、そのことで意外に思ったわけではないだろう。相手のことだ。

俺の見込んだ女なら、到底追いつけないところまでかっ飛ばしていてしかるべきなのだが、もっともっと先へいっていてくれよという落胆の意味だろうか。とにかく永嶺はまたアクセルを踏み込み、さらに追いつくための加速とすぐに分かった。昔の、俺が子供の頃の自動車なら、とっくに警告音が鳴っている速度だ。祥太はまたなにやらスマートフォンに目を落としているらしい、ノリオはまだまだ寝ている様子で気配さえ感じさせない。

追われていると感じ取ったわけではないだろうが、バイクも速度をあげたように思える。車はバイクに十秒近く遅れてゆるやかなアーチ状の屋根――採光できる素材――の下をくぐる。曲がテンポの速いものに変わる。祥太も座席の中央で前方を注視し始めた。バイクに気づいて、それを追っていることを把握したようだ。

バイクの美女にもし追いついたとして、それで一体どうするんだ、なにをしたいんだ、窓を開け連絡先を教えてくれとでも叫ぶのか、などと問う者はここには乗り合わせていない。

ただ、みるのだ。銀無垢のタンクがあればただ近づくように、美人がいれば美人をみたい。

「かわいい系というよりもかっこいい系でしたよね」

知らない、なめらかな曲の流れに乗せて加速した車はついにトンネルの中でバイクに追いついた。

「大宮の美女かあ」ナンバープレート表記をみて落胆気味になる俺を
「どこにも美女はいるさ」と鼓舞し、永嶺は追い越し車線に入る。ついに横に並んだ。

助手席の俺は遠慮なくまじまじとバイクをみる。ヘルメットをしているから、もちろん顔はぜんぜん分からないが、骨格がずんぐりしている。

「さっきの女じゃなかった」永嶺が平坦にいい、そのまま追い抜いた。

「なんだ」窓にへばりついた分のエネルギーさえ損したような気持ちで顔を離す。

「本当だ。めちゃくちゃ、おっさんじゃないですか」ずんぐりしたおっさん（らしい）ライダーの、つなぎの皺がぴんと張って、背中のわずかな部分がそれでも風に激しくなびいている。みているうちに遠ざかった。

アーチ屋根を過ぎてしばらくいったところで永嶺は分岐を間違えた、とつぶやいた。カーナビが分岐を告げたのはいつだったか。画面をみると「再検索中」の文字が中央に点滅し、カーナビ自身も慌てているようにみえる。

「このままでは新潟行きだ」

「えーっ」祥太が大げさに驚いた。

俺も驚きはしたが、慌てたわけでもない。実際には次のインターで下道を通っていくことになる。新潟までノンストップでいってしまうわけはないのだが、祥太の驚き方が俺にはよく分かる。

免許がないということはそういうことだ。道についての見積もりが当たり前にできない。そのことを俺はよく知っている。四十にして免許をとるまで、道のルールに思い致したことなどなかったから。

「まあ、いいか」カーナビはすでに新しい道を指示している。

「また運転代わるよ」俺はペットボトルのお茶を飲んだ。

「俺も、夏休みには免許とりますよ」祥太が決意を口にした。

それが間違いでも、女を追いかけて間違えた道なら後悔することはない。格言めいた言い回しが浮かぶ。

車は高崎のインターを出た。到着がかなり遅れる旨、途中で拾う友人夫婦に伝えなければいけない。

まあいいかと口にしたばかりの永嶺の舌打ちが聞こえる。間違った直後には悔しく思えない。市街の景色をみて、失敗の大きさに感情が遅れて現れたのだろう、やはりさっきよりもいら立った表情をしている。

「あのおやじ」と罵りの声さえあげ、エアコンの冷房の風を一段階強めた。そういえば高崎は、関東でも有数の「最高気温を記録する」地帯だ。急に暑気を意識する。飛行機に乗っている際の、快適に調整された気温でもうっすらと壁越しのマイナス数十度を意識させられる瞬間に似た、外側にあり続ける正味の気温を不意に感じ取る。

「おやじ（ライダー）、ぜんぜん悪くないけどね」

「こっちが勝手にウヒョーって盛り上がっただけですよね」

見慣れぬ高崎市街を抜け、コンビニの広い駐車場に乗り入れると永嶺は初めて息をついた。車を降り、店内には入らずに駐車スペースで屈伸をしている。祥太は店にお茶を買い足しにいった。俺は特に店に用はないので、助手席に残ったままスマートフォンの地図機能で先々の道を調べようとしていたら、背後でノリオの蘇生する（死んでないが）気配がした。

「う……ん」腕だけがバックミラーに映り、身体はまだ起き上がってこない。

「よく寝てたね」現状を教えようと思ったが

「しるこサンド」ノリオは呟いた。それから身体がむくりと起き上がった。髪が寝癖で爆発している。

「誰か、しるこサンドあるって言ってなかった？」

「ああ、うん、祥太が」お腹がすいているのか。

「着いたの、もう」ノリオはいがらっぽい声をだし、すぐに野太い咳をした。

「いや、分岐を間違えて、今、高崎」

「そう」と咳の後も素っ気ない。きっとノリオも遅れて驚いたり舌打ちしたりするんだろう。とにかく、それまでゼロだったノリオの気配がいきなり車内に濃密になった。

ノリオは我々の中でも特に、オスっぽい。軽薄で調子のいい祥太と比べても、生き物の気配が濃厚だ。ノリオが降りる仕草をみせたので、座席を倒すレバーの位置を教え、ついでに俺もシートベルトを外した。

降りたら降りたで、俺も永嶺のように屈伸をしていた。自然にそういう気持ちになるものらしい。真夏らしい気温と湿度に包まれ、それはうっとうしいもののはずだが束の間、嬉しい気持ちになる。手指の骨を鳴らし、首をそらせて日光の照りつける空をみあげ、アスファルトの路面をみて、それからまた伸びをして、都心でみるよりも大きめのコンビニの看板をみたら、そんなような景色でも旅をしている実感が湧いてきた。祥太はなぜか駐車場端の車止めの上に立ち、まっすぐな姿勢で煙草を吸っている。朝にも駅前で会ってその後もずっと過ごしてきたのに、身体全体をまじまじみるのは久しぶりだ。座席ごしの付き合いだと、飴やらなにやら渡してくれた手の長さの印象だけが強かったが、こうして全身が視界に入ると、祥太は足も首もひょろっとしてまっすぐさが際立っている。昔の言葉でいう典型的な「もやしっ子」だが、猫背でないのは救いだ。服装にも気を配っている風で、ボーダーのシャツも七分丈のズボンもなにげないものだが、安物ではないのを選んでいて如才ない。

アメリカンドッグを購入した側からぺろりと食べ終えたノリオが、次は自分が運転しようかと言い出した。ノリオのTシャツはテレビゲームのタイトルロゴだ。

「まだ寝てていいんだよ」永嶺も祥太の横に並んで煙草をもらいながら声をかける。

「うん、大丈夫」といいながらゴミを捨てに戻るノリオの足取りはまだふらついている。

「おいおいおいおい」離れたところから煙草を持った手をあげていさめる永嶺の全身も明るい日差しの下で改めてちゃんとみて、今日初めて、ぎょっとする。永嶺は太った。逆に、小太りのノリオは痩せた。正月にチップチューンのライブイベントで会った際にはムクムクしていたが、痩せたというか、やつれてみえる。漫画家の徹夜を他の職種の徹夜と一緒にしてはいけないと先輩がいっていた。手塚も藤子・Fも六十そこそこで死んだんだ、と。「僕は遊ぶのが好きだったから長生きできた、ゴルフに麻雀に……」A先生は仰っていたっけ。ゴルフも麻雀も俺は不得手だが、そうありたいものだ。

ノリオは三十の遅咲きで新人賞を受賞したものの苦労している。単行本を刊行してもらうまで必死なのだ。

記憶のない人を病棟に戻すような介添えでノリオを再び最後部に押し戻し、永嶺からキーを受け取る。

再び発進し、しばらくは周囲のホームセンターのばかでかさやボウリング場のムードをからかったり羨ましがったり、道行く中学、高校生たちの垢抜けなさを侮ったり内心でぐっときたり、祥太のバイト先に入ったばかりの気になる女子の話で盛り上がった（祥太はいつでもそのとき好きか、付き合っているか、別れた子の話をしており、大勢で会う度に「で、あの子はどうなった」と話題は続き物のようになっていた）。

が、だんだんと景色は寂れゆき、半分は人けのない午後の畑、半分は民家という景色が続き、そのうち、民家の壁にキリストの降臨を予言する文言の鉄看板が見受けられるころには皆、無口になっていた。

しばらく最後部のノリオがしるこサンドをぼりぼりやる音だけだったが永嶺が不意に、うわあ、とつぶやいた。

「誰？」前方をみすえたままそう尋ねたのは永嶺がスマートフォンをみていたから、メールか、ＳＮＳ上でみたゴシップ記事のことかと思ったのだ。

「地獄さ行ぐんだで」永嶺はこちらをみず、『蟹工船』の冒頭をつぶやいた。「大変だぞぉ、この道は！」今度は嬉しそうだ。カーナビと別に、地図のアプリをみているらしい。俺もさっき自分のスマートフォンで確認しようとして、忘れていた。

「なんすか、なんすか」祥太が身を乗り出してきた。

「行ぐんだで」と繰り返しながら（そんなカジュアルな掛け言葉のように使うフレーズじゃないだろう、特に面白くもない）永嶺が返事の代わりにスマートフォンごと手渡している。うわぁ、受け取った祥太の声音の端にはもうへへへという笑いが混ざる。

この先の道路にどんな困難があるのだろうか。

「これマジ地獄ですね、大丈夫ですか」そんなこと言われても、俺が一番不安だ。うっわ、これヤバいなーハハハ。遅れて地図をみたらしい、最後部のノリオにも同じ感想がリレーされ、俺は唇を結んだ。それから信号を過ぎるたび、景色は静かなものに移り変わった。道の左脇を川が走り、右は森になり、さらに両脇がうっそうとした高い木々に囲まれて光量も落ち、前も後ろも対向車線もまったく一台も車は走っていない。

カーブを曲がるほどに木々は高く密度を増していき、もう日暮れのような暗さだ。

上り坂のカーブが増え、信号はずっとない。

「温泉にいくというよりも、死体を埋めにいくみたいだな」ぽつんと永嶺が呟いた。

「本当だよ」反射的に同意しておきながら、それはこの道がという意味か、それともこの車がという意味かと思う。クレーン撮影で俯瞰した、我々の走る様子それ自体が浮かぶ。養生シートにくるんだ遺体とスコップを最後部に載せて森の奥へと向かう六人乗りの男四人。遺体は山田夫だ。右に左にカーブが増え、さっきから両手の指に汗をかいていて、まさかそれでハンドル捌きがすべることはないだろうが、どんどん不安になる。しかしここで運転を代わってもらうのも、なんだか格好が悪い（難しい駐車は遠慮なく代わってもらうつもりだったのだが）。背後に車がないのだけが幸いで、遠慮なく速度を落とそうと決める。

カーナビに目を向けると自分たちの今いる道の先にみえる黄色い線は道というより十二指腸のようだった。画面端の文字が目に入る。

「なにが『みちなり』だ！」悪態をつくのと手始めのカーブにさしかかるのと同時で、大きくハンドルを切る。右手を離して左手の左に添え、次のカーブでは左に切って左手を離し、右手の右に。俺のハンドルの握り方は教習所で教わった「十時十分」のまま。背後の男たちも右に左に頭が揺れているよう。ハハッハ。あまりのカーブに笑い声をあげたのが誰だか分からない。死体を埋めにいった四人全員死亡。いくつめの腸を抜けたか、カーナビをみる。

「まだ全然ある！」

「しかも左は崖」

「センターライン出てますから！」はっとなる。対向車の可能性を忘れていた。ハンドルをすべらせることはないだろうが、という先の俺自身の予測にも自信がなくなる。普段からぬけぬけとして動じるところの少ない永嶺も、心なしか腰がひけているようだ。最初の十二指腸の終わりのカーブがかなり急で、シートベルトをしていない後部の二人は横倒しになった。Ｏｕｃｈ!という感じにあがった短い声はどちらのものか。

「大丈夫か」

「あの女のせいだ」頭をさすり、まだ揺れのただ中にいるような動きをしながら祥太が叫んだ。美女を追いかけたからインターを逃したということか。逆恨みだよ。

「山田のせいだ！」ノリオも姿はみせずに叫ぶ。寝ている風で、先の会話を聞いていたのか。たしかに、あのとき山田夫妻の話で盛り上がりすぎたことでカーナビの警告を聞き逃したような気がするが。いや、今はそれどころではない。

「おまえさ、『あの頃ペニー・レインと』って映画みたか？」

「あ？」一瞬ゆるくなったカーブの途中で永嶺が出し抜けに尋ねてくる。

「みたっけかな、えーと」次の大きな旋回に備え、ハンドルを握り直す。坂の角度も急で、平たい車ならカーブの度に腹をしたたか擦り付けるだろう。

「バンドマンの乗ってた飛行機がさ、墜落しそうになるんだよ」

「うん」次のカーブ群が近づいている。小腸大腸、難物の指揮者が思うさまふりまわすタンホイザー、ジェットコースター、入念なようででたらめなボタン付けの運針……永嶺は映画のなにかに喩えようとしているようだが、俺だってカーナビの先にあらわれた、それ自体が荒波のようなカーブの密集に対し、比喩が無駄にいくつも浮かんでいた。もう足りている。

「それまで険悪だったバンドメンバーが、飛行機が墜落する前に、言い残した本音の言葉を言い合うんだよ……たとえばリーダーへの呪詛とか、待遇への不満とかさ、おまえばかり雑誌の表紙を飾りやがってとか、そういったくだらない嫉妬とかをな」うん、うん。なあ、その話、道がまっすぐになってからしないか、と制すればいいのだが、切羽詰まった顔でハンドルを操りながら俺は相槌をうっていた。急勾配だから先もみえない、道沿いの貧弱な矢印の標識だけをたよりに。

「全員が前を向いててな、飛行機だからさ、今みたいに」うん、うん。

「皆の顔はお互いにみえなくて、でも最後にリーダーが大事な言葉をいうんだよ」しゃべっている永嶺自身も、こんなときに言う話にしては長過ぎたことを途中から分かっていたみたいだった。だが言い始めた話だからとにかく最後まで言い切らないと収まりがつかないという焦りか、左右に大きくふられることで生じる恐怖ゆえか、どんどん早口になっていった。

「それで、俺も今、一番言いたいことを言うべきときかと思って」

「言うなよ」反射的に叫んだその瞬間、俺は奇妙に冷静になった。ハンドルを繰りながら怖がっている自分自身を、置き去りにしてしまったような感覚だ。

今俺は、もしかしたら、永嶺が今から子供のことを二人にいうつもりだと思ったのだ。それから、腕がするすると動いた。もちろん車内は右に左に揺れ、男らしくない悲鳴と強がりの笑い声に満ち続けたが、俺は肝が据わって平気になった。

「墜落しないから」言い添えたが、永嶺はどういうつもりだったろう。「言いたいこと」は別に、そのことではないのかもしれない。しかしとにかく、いくら俺が初心者で、難度の高いぐねぐねの道だからって、飛行機の墜落とは状況が違う。今のこの状態は、運転免許証を交付された人間が舗装された公道を走行しているだけだ。映画の喩えから、彼が何を言おうとしたかなんて本当は分からない。緊張をほぐすための冗談だったかもしれない。自分が叫んだ理由もよく分からない。子供のことを彼らに打ち明けたところで、なにがまずいかというと、分からない。秘密にすることを奨励するのも、おかしなことだ。ただ、打ち明けて公にするのは、決して自暴自棄に乱暴にでなく、もっと考えが整理されてからの方がいいと、漠然と思った。嬉しいことなのか、嬉しくないけど義務と受け止めるのか、分かってからがいい。自分がその立場でも、即断できないだろう。情けないことかもしれないが。

考えに囚われていたとき、不意に車は峠を越えた。遠くに雄大な山の尾根が広がった。視界が一気に開け、男四人、おぉと声が揃う。写真を撮る人のためだろうか設けられた駐車スペースに車を停め、全員で車を降りて、景色をみた。全員でしんとなった。

「今の俺ら、ファミコンの『グーニーズ』のエンディングみたいだな」

「本当だ」俺と永嶺しか分からないが、若い二人ともエンディングっぽい、やり遂げたみたいな表情だ。俺たちは通るつもりのなかった峠を越えた。

相変わらず、車も人もまるで通らない。男四人だけの横並びだ。いい四人組だと思った。祥太もノリオもスマートフォンを横にして景色を撮っていたが、そうでなくて四人が写っている写真を撮りたいと思った。思っただけで、なんだか言わずにいた。

奇麗だ絶景だと朗らかに言い合って、すっかり「死地をくぐり抜けエンディングを迎えた四人組」の気分だったが、まだ先があるのだ。芝居がかったハイタッチで俺はノリオにキーを託した。ノリオは今の峠道でさんざん攪拌され、むしろ顔に生気が戻ったように見受けられる。

「お疲れ」声をかけられながら俺は今度は最後部座席に、祥太は先と同様に真ん中、永嶺は再び助手席に座った。スマートフォンが振動した。祥太から送信されたメールで、さっき撮ったばかりの雄大な山々の画像がもう届いている。親指で選択し、琴美に転送してみた。「男四人で」と表題、「峠を越えた」と本文をつけて。

「腹減った」永嶺が呟き、全員が同意した。

「ん?」ノリオもまた先人二人と同じ困惑をみせる。ノリオが普段乗っているのは親から譲り受けた年代物のシビックだという。シートベルトを締め、キーレスエントリーやサイドレバーの位置について先と同じレクチャーを受けている。ミラーの位置をなおし発進というところでノリオは不意に気色ばんだ様子でシートベルトを外し、車外に出ていった。フロントガラス越しに車の前方に現れたノリオは、ボンネットの初心者マークを乱暴にむしりとった。

すっかり忘れていたが、レンタカー屋で借り受けてその場で貼った、俺だけに必要だったマークだ。フロントガラスからいなくなったノリオは車の脇を大きく回って背後の初心者マークも取り外したようだ。一回りして戻ってきたノリオの足取りはなんだか勢いづいている。

「こんなのつけていると煽られる」助手席に、二枚張り合わせたまま手渡している。伊勢に向かう時、須崎は特に外さなかったが。

「『こんなの』をつけないといけないんだよ俺は」少しむっとしながら言ったがノリオは聞こえなかったか意に介さなかったか、エンジンをかける。普段はおとなしく柔和な彼らしくない態度だと意外だったが、田舎で運転しなれている人が車のときにだけ不意にみせる強気さのようにも思える。ノリオは普段は岡山県のはずれの聞いたことない地名のところにご両親と一緒に住んでいる。普段の生活は通勤からレンタルビデオ屋まですべて車移動だといっていたし当然、運転も慣れている。岡山では岡山の常識がある、当たり前に煽られるのかもしれない。ノリオとはボードゲームの付き合いと別にネットゲームもあれこれ手を出していて、一緒に遊ぶ仲だ。おとといも戦車の操縦者になって、編隊の一員としてミッションをこなすゲームで二人揃って撃墜されたばかりだ。勝手の分からないゲームがあるととりあえずノリオにも無料の体験版をダウンロードしてもらう。会話はスカイプだった。

互いにダウンロードだけして、だが深く遊び込むゲームはほとんどない。試しに遊んでみては序盤であっさり惨殺されたり駆逐されたり。本当はノリオは熟練ゲーマーで、いつでも俺にあわせてくれているのだろう。

寝てってくださーい、とノリオは背後を確認するついでで全員に声をかけ、海賊みたいではない、まるで覇気のない声で三人ともはーいと返事をする。

言われた通り、先までノリオの寝そべっていた座席に横たわってみる。足は座席におろしたままで、眠りやすい姿勢ではないが、ものともせずに眠っていたノリオの疲れが改めてうかがえる。

ほどなくしてノリオの選曲がかかったが、イントロだけで今時のアニソンだと悟る。電子的なオケにデジタルに整えられたボーカルだが、聞いたことがないのにそう分かるってどうしてだろう。何人かの声優が速いテンポの楽しそうな曲調の中、入れ替わり立ち替わり歌声をたたみかける。不思議と嫌ではないが、森の中の景色に似合わないのは間違いない。虚心に社会勉強だといった気持ちでか、永嶺も祥太もおとなしく（呆れているのかもしれないが）黙っている。

放ってあったノリオの上着を手に取る。サイズが大きく、そのまま毛布代わりにかぶり目を閉じる。アニメ声優が「いっけー！」と叫び、合唱でのサビになった。峠だから、上りの次は下りになる。前に転がりそうだ。メールを着信したので寝たまま首をあげて画面をみる。琴美の返信は一言「いいなあ、景色」で、しばらく胸をうたれた。「いい景色！」ではないことに。琴美は数日前に何度目かの検査入院になった。

俺はスマートフォンを置いて目を閉じた。燕の巣をみても、伊勢神宮でどれだけいい景色をみても、ろくに撮影なんかしていなかったくせに（琴美が旺盛に撮影したのは警察に捕まった恋人だけ）。

「そういえばさっき、永嶺さん何言おうとしたんすか」

「え、」

「映画になぞらえて、なにか言おうとしてたでしょう、『大事な言葉を』って」

「そうだっけ」

そうだった。直前のことなのにすっかり忘れていた。眠るならば寝癖に気をつけて寝なければと、目を閉じたまま頭の位置を案配し、ノリオの運転が——彼自身の醸し出すオスっぽさとは裏腹に——荒くなさそうなことに、ほっとする。横向きになって本格的に眠ろうとして、座面の湿り気を意識する。ノリオが寝ていたのもこの格好だった。この湿り気はノリオのよだれか？　ガバリと身体を起こし、反転させて横になり、また目を閉じる。

ほんの十分くらい前の渦中には浮かばなかった、映画の内容がむしろ思い出された。かつて永嶺がやけにあの映画に感じ入って話題にしていたことも。ロック音楽に憧れる若者の映画だ。バンドのリーダーが言う台詞も思い出した。

「『それでもおまえたちを愛している』」

そうだ。そういうのだ。急降下する飛行機の中、引きつった顔のままリーダーはいった。本当は、それでおしまいではない。もう一人のバンドメンバーが叫ぶのだ。俺はゲイだ！　と。直後に飛行機は安定飛行を取り戻す。

目を開けると前の座席の背がみえる。今時のアニソンに続く二曲目はエンディングテーマではなかった。同じ調子で、声優が似たような曲を歌っている。アニメのオープニング曲が激しくてエンディングがバラードなんていう様式もまた「古い」ものかもしれない。永嶺も祥太もなんて曲？　といっさい尋ねない。ハンドルについた汗を拭うのを忘れていたが、ノリオは特になにもいわなかった。運転しているノリオの様子は分からないが、音楽に鼻歌が混じっているからきっと、ご機嫌だろう。

インターミッション1

国立から吉祥寺に向かう途中で懐かしい車をみかける。教習所のセダンが路肩に停車中だ。

「あれに乗ってたんだよ」えんじ色だからあれはオートマだ。教習所のロゴマークとマスコットキャラクターが車体に大きくプリントされている。俺が通り過ぎたところでウィンカーを出して発進するだろうか。

こうして免許を取得した後で眺めると、なんだかすごいデザインだ。洗練されたデザインの教習車というものに、そういえば出会ったことがない。とにかく「教習中ですよ」と目立たせておかないと、周囲に対してよくないのかもしれない。

「俺はマニュアルだから白に乗ってた」

「へえ、何年前」助手席の女はマスコットキャラクターをちらっとだけみたようだ。

「去年」

「え、あ、そうか」初心者マークをついさっき乗る前にからかったばかりなのに。

「マニュアルで免許とったの?」意外そう。俺は俺で、女がマニュアルとオートマの違いが分かったことが意外だった。

「見栄でね」もうマニュアルを運転しろといわれても多分無理だ。マニュアルを善しとする価値観は、どの世代までだろう。マニュアル車しかなかった時代に車を運転していた世代が、途中から生まれたオートマ車を否定したり馬鹿にしたりする気持ちは分かる。

日本の市場で販売される新車の九十九%はオートマだという今、免許をとった俺にさえ、なぜかマニュアル車への敬意がある。たとえばレコードとCD、眼鏡とコンタクトレンズ、似たような二者のどちらに優劣を思うこともさほどないのに、不思議だ。女優の蒼井優がジープかなにかゴツい車に乗っていて、一目惚れのそれを運転するためにマニュアル車の免許をとりなおしたと雑誌で語っていて、そのことだけで蒼井優はいい奴だと思ったくらいだ。

「なんで、急に免許をとろうと思ったの？」

「親がね」つまらない答えだよ、という含みを最初の一言にもたせた。語る俺も飽きていた。もう何人にも同じ説明をしていたし、端折って語るようになった。

俺の後ろにえんじ色の教習車が続くことになり、ミラー越しに、助手席に座る教官の顔をたしかめようと目を細める。案外、後ろの車の運転席や助手席の顔はよくみえる、運転するようになって知ったことの一つだ。

「知らない先生だな」運転席の若者は当然ながら、緊張した面持ち。少し前までの自分もみせていた顔だ。同じ車で、同じ道で。

上着のポケットでメールの着信音が鳴る。たぶん永嶺からだ。先週の旅行の精算の件だろう。

女が、ねえ、あとで免許証みせてと笑い混じりに要求したので、別に普通だよといいながら、心の中で勝手に「減点」してしまう。

身分証の類いに日常と異なる表情をみせる男の顔の写りをからかったり感心したり、そういうやり取りは、もういいから。初心者マークはこちらがみせている隙だから（四角四面にいえば、それさえからかわれる筋合いはないのだが、四十代の男性には明らかに不似合いなものだと自分でも思うから）仕方ない。ある種の女は、からかうことは異性への親しみの表現だと思っている。からかいは、相手が明らかにそれを望んでいるときか、そうでなければ、からかうことで相手にむしろ立つ瀬が生じるときの助けとしてのみするべきだ。

そんなことは誰にもいわない。からかわれたその場でもだ。からかうのは笑いを帯びた行為だし、悪意で馬鹿にしているのと違って好意や愛情がある（つもりだろう）から、それを受け止めない俺は狭量な人間だということになってしまうから。狭量さは分かっていて、ただ内心で勝手に減点する。

「えー、みせてよ」面倒くさいから、とっととからかわれ終えてしまおうと、赤信号でポケットをまさぐり、カード入れごとぽんと手渡す。ついでに着信画面をみると、やはり永嶺からだ。そうだ、今の永嶺こそ、正しくからかいの言葉を与えてあげるべき者だ。

温泉からの帰りの車内で永嶺は常に言葉少なだった。事情をしらぬ祥太も心配するほどに。北軽井沢で友人夫婦が、東京でノリオと祥太も相次いで降りてレンタカー屋に向かう深夜の車内でやっと俺は尋ねることができた。

「で、どうだったんだ」

「草津ってさ」

「うん」

「一カ所じゃないのな」

「ん？」永嶺がいうには、群馬県と別に、山梨県にも草津温泉という呼び名の温泉施設があって、女と子供がいるのはそっちだ。永嶺は草津温泉とだけ聞いて、細かい住所は到着してから教えてもらうつもりだった。

目の前の信号が青に変わり、つかのま、あの時の狐に化かされたような気持ちを思い出しながら車を発進させる。あの大失敗のときも、俺はからかわなかった。なんだって？　と語尾を持ち上げただけだ。自分もやりかねないと思ったのだ。

男は——と大きくくくってしまうが——男の多くは温泉を本当には、あまり好きではない。そこらのサウナでいい。湯船に浸かって「あー」とかいって天井をみあげてくつろいだり、ゆるい卓球に興じたり、刺身を食ったり日本酒を呑んだり、そういう「部分」だけがかろうじて楽しめるのだ。だから、自分がかつて関係した女と子供が暮らすのが「どこの」温泉だなんていう微細なところを永嶺は（俺も）まるで考えなかった。

「割と普通だね」暗い車内で女が免許証を透かしみている。この女も温泉いきたいといっていた（別にそれは減点でもなんでもない、そんなことで減点したら理不尽だ）。ベッドでいいね、とかなんとかあわせる返事をしたのだったか。

だが女とはその後、（勝手な）減点とは無関係に、会わなくなった。好かれているようにも感じていたがそれは自惚れで、向こうも、この男はなんか違うと思ったのかもしれない。

永嶺からのメールには、次の草津温泉は一人でいってみるとあった。

「次の草津温泉」反芻して笑った。

第三話　さすらいもしないで

コーヒーの自動販売機から「コーヒールンバ」のメロディが聞こえてくる。もう二巡目になる。

この自動販売機は、あらかじめタンクにコーヒー液が入っているのではない、購入者がボタンを押してから新規に豆を挽いて抽出しているというのがウリで、その証拠というわけか、機械内部でコーヒーの抽出される様子が自販機の液晶モニタに映し出されている。別に疑わないよという気持ちと、毎回使い回しの動画だとしたら、疑いを晴らすことにならないだろうという気持ちとを抱く。この、前面に液晶モニタがついているコーヒーの自動販売機は高速道路のサービスエリアでしかみかけない。

今はなんにでも液晶モニタ、液晶モニタの時代だ。居酒屋でもパッド状の端末で注文するし、漫画家たちの用いるペンタブレットにも画像が直に表示されるようになった。路地に横並びの自動販売機群の中で、普通のコーラやペットボトルを売るようなものにもモニタがついている。あれは一体、なにを表示させているんだろう。冷えてますよという証拠として、機内を缶が滑りおりるところを表示しても意味がないだろうし、そうすると宣伝映像が繰り返されているのだろうか、まじまじとみたことがない。ここにはないが、自販機の一面すべてにわたって液晶画面というのもみかけるようになった。広い液晶画面自体に「タッチして」商品を選ぶのだ。十数年前までの液晶モニタの高額ぶりを知っているから、なんだか気圧される。

通路の左手から祥太が「あ、俺も」と言いながら近づいてきた。出発時には卓郎が持っていたはずのカメラを彼が首に提げている。同じメーカーの同じ自販機が二台並んでいるので、俺の完成を待たず隣のにコインを入れた。ルンバが輪唱になるかと思ったが、俺の方のは「できあがり」とモニタに表示され、腹部の扉が自動で開いた。祥太は少し腰をかがめてモニタの映像に目をやり、へえ、という顔をして、長い腕をズボンのポケットに入れたが、腰は伸びきらずに猫背のままだ。草津に旅行したときより背が伸びた気がして、上下に首を動かしてみてしまう。まだ若いから、あり得る。

高崎のコンビニの駐車場では「もやしっ子」だと感じさせた、頼りない風貌だが、これで彼女が途切れたことはないらしい。「周囲が皆、草食系だからですよ」と謙遜をしてみせた。大手ではない広告代理店に内定を得たが、留年してもっと優良な企業を受け直すかどうか悩んでいる。〝師匠筋〟である永嶺はなんと言っただろう。

「本当のライブ映像なんですかね」俺の凝視の真意は読み取らず、祥太は背筋を伸ばしきらないままで振り向いた。

「機内のゴキブリとか映りこんだら……」自動販売機で越冬すると聞いたことがある。

「うわ、マジ嫌ですね、それ！」祥太の眉間に皺がよる。

そこに右手から水谷さんが涼しい色のハンカチを畳みながらやってきた。示し合わせたわけではないが男二人、液晶表示の話題を引っ込めた。手に取ったコーヒーにはプラスチックの蓋があらかじめ装着されていた。この小さな飲み口には未だに慣れない。

水谷さんは「卓郎は？」と尋ねたが、問われた祥太と俺と二人、顔をみあわせてどちらも返事をしない。聞こえなかったのでも、意地悪でわざと無視したのでもないが何も言わず、コーヒーを手にとって首を傾げてみせただけで、なぜか水谷さんも納得したみたいだ。すぐには会えないが卓郎はここのどこかにいて、致命的なロスになるような迷子にはならないことを全員が了解している。水谷さんはハンカチをバッグにしまい、パチンと金具の音を立てる。三人でなんとなく歩き出した。

高速道路のサービスエリアってものはどこも、こんな風だ。広い駐車場に車を停めると、平たく長い建物の右と左に人が散って、全員が寄り集まるのに少し時間がかかる。道路という長細いものに寄り添っているので必ず、横に伸び広がった「場所」になる。広大な駐車場に降り立った瞬間はでも、そんな気がしない。普段どこかのなにかの公共の場所にきたときと同じ、四角い空間にきたような気がする。ひとたび利用してみるとそこには全然奥行きがなくて、上階も下階もない。トイレに行く者、喫煙所に行く者、食事をする者、飲料を買う者、手持ち無沙汰にみやげを物色する者とが端と端に散り広がるのだ。

「いいっすね、それ」祥太がなにかを褒めた。三人、端に向かって歩く。

「京都の工房で直販してるの」ハンカチではなく、バッグのことらしい、水谷さんは市販されていない点を強調した。

みやげ物を販売するエリアを通り過ぎてなお進み、喫煙所に通じる廊下に卓郎は立っていた。ここにも飲料の自販機が並んでいたが、それではなく反対の壁に貼られたポスターにスマートフォンのカメラを向けている。ドラえもんが地元のなにかを紹介するポスターと並んで、四人組の若い女たちが――さてこれは、なんのコスプレというべきか――色分けされたくのいちのような、としか形容できない格好で安全運転を訴えている。ネット発のアイドルの、各ご当地限定の広告だそうだ。

「やばいっすよ、これ」卓郎は三回、スマートフォンのシャッターを押した。やばいのは褒め言葉かけなし言葉か、シャッターを押しているからといって褒めているとは限らない。

「あ、撮りましょうか」卓郎から託されていたらしい、小型のデジタル一眼レフを祥太はかざす。明るくない廊下に祥太の手からシャッター音が響くごとに卓郎は相好を崩していく。

「次、でんぱ組の次は絶対にきますよ、この子」

「ゆづはちゃん、くるよね」ゆづはという名も、祥太だけが分かったみたいで、俺と水谷さんは四十代同士、目をあわせて知らないことを確認しあった。

いいよなあ、ゆづはちゃん。卓郎はしみじみと感激に浸っている（褒めていた）。

卓郎はいい声を出すなあと思った。羨ましいとも。卓郎は全力でなにかを好きになれる。自分だってなにかを好きだが、卓郎のようにではない。もうかわいいアイドルタレントに、そんな風な溜め息をつけない。彼女らの多くとの間に父娘のような年齢差があるから、だけではない。むしろそのことはまだ実感が薄い。いろんなことに世代差は感じてもそれはそれ、異性は異性として意識している。だが物欲や出世欲など総合的な欲の減退の中に、なにかに夢中になるエネルギーもまた含まれている感じだ。

それなのに——いや、だからこそか?——俺は車を買った。

祥太はフラッシュを光らせずに撮影する設定に手こずって、デジカメを俯き眺めている。今回の取材に撮影補佐という名目で同行しているものの、少しは役に立つんだろうか。

そもそも隣に貼ってあるドラえもんのポスターの方が、ある意味では今回の取材対象に近しいものなのだが、二人とも一顧だにしない(熱狂してドラえもんの写真を撮り始めても異様だが)。若い祥太は、さすがに藤子不二雄の名は知っていた。だが、ほとんど読んではいないようだ。「『まんが道』も?」「『プロゴルファー猿』も?」「『モジャ公』も?」といった、読んでいないことのいちいちの確認→ショック受けるのループは、すでに出発前の飲みの席で済ませていた。

「でも『ドラえもん』は観てますよ」

「『観てる』ってことは、アニメでしょう？」

「はい、コミックスは少しめくったことあります」さっき車中で交わされたやり取りで、今日が初対面の水谷さんも助手席でショックを受け終えたばかりだ。今回の取材はドラえもんではない、A先生のムック本のためのものなのだが。またフラッシュが光り、祥太はあれえと声をあげ、卓郎にデジカメを奪われそうになったがなぜか抵抗している。何度も閃光を浴びて眩しがってないか、などと思ったわけではないが、ポスターの中のアイドルを改めて眺める。全員が白い歯をみせたままだ。

そういえば以前、付き合った女に元アイドルがいた。元アイドルと知らずに口説いた。「私、整形してるよ」とキスした直後にいわれ、それでなんだかそのときだけ気持ちが燃え上がった。

なにか先行するアイドルの真似みたいなコンセプトで三人組で売り出されたが、全然売れなかったしCDを出す話さえ直前でぽしゃったし、なにより三人が超仲悪かった。床に落ちたブラジャーを拾い、装着しながらせっせと教えてくれた。ネットで調べると水着姿が出てくるよ、と他人事のようにいってもいた。餡かなにかみたいなグループ名を教わって、そのときは検索をかけたのだったが今、もうその名も画像も思い出せない。枕営業って本当にあるよと尋ねてないのに教えてくれた。業界をみてきたという自負で誇らしげだった。

こちらははたして仲よいのか険悪なのか、ポスターの中の女たちは、少なくとも髪型は誰もかれも似かよっている。眺めながらあのときの女の平坦な口調を思い出しつつ、視線をずらすと、美人？　どこが？　というのよりさらにもう少し否定的な表情を水谷さんは露骨にたたえており、祥太は無邪気に右下の子が超美人ですねと評した。途端に、祥太と卓郎のことを馬鹿だなあと思う。

アイドルになにか思い入れることがではない、女性の前でそれを言ったことにだ。それでも、その中のどれ……と言いかけて、言葉を引っ込めた。

「その中の誰がゆづはちゃん？」話題にのってやることにする。同じライターとはいえ、主に漫画についてだけ書いている俺とちがい、卓郎はアイドルや女優へのインタビュー仕事も多い。雑誌に載っているのを読めば、卓郎の取材は丁寧でまとめもうまいのだが、実物の卓郎をみていると心配になる。取材中の有名女優（俺でさえ名前を知っていた）に「あなたは望みが高すぎるんだと思う」と諭されたことがあるといっていた（インタビュ「アー」なのに、自分の話を気づけばベラベラやっていたのだ）。

「この子です」ポスターを指差さず、祥太の手の中のデジカメの液晶画面を覗き込んで示す。しばらく祥太と二人でカメラを取り囲む、卓郎は半歩さがり、自分の彼女を初めて紹介している男のような謙虚さで（よく考えるとまったく謙虚でもなんでもないのだが）一歩下がって照れている。水谷さんは輪に入らずにポスターの方をぼんやりみていた。

「この子らに取材する機会はないの？」

「それがあるんですよ、来月」卓郎は細い身体をそらしてみせた。

「じゃあ、〝いく〟べきじゃん」ダメ元でも、連絡先を聞いたりするべきだ。

「駄目ですよ、知ってるじゃないですか」まるでもう我が物としているが如き姿勢や態度とは裏腹に、卓郎はきっぱり駄目と言い放った。

「駄目か」駄目ですよ。卓郎にはきっぱりとした持論がある。芸能人は結局、職場恋愛しかできないのだと。

それでも（めげずに）卓郎はアイドルが好きだが、いつも恋人を欲しがってもいて、欲しがっていることを我々の前で公言もし、せっせと合コンや飲み会に顔を出している。アイドルにやにさがる姿はともかくとして、そういう旺盛なふるまいは、女性の不興も案外、買わない。まあ、頑張りなさいな、と微笑ましい目でみられるものだ。とはいえ今、水谷さんはまるで微笑ましい目をしておらず、ポスターからも俺と卓郎のやり取りからも興味を失って携帯電話になにか入力している。よくメールしていると思うかもしれないが、よろずメモを取っているのだと前に教えてくれた。

「前頭葉がどんどんやばいから」と。

俺よりも四歳ほど〝先をいって〟おり、そうすると自然、年老いたゆえの物忘れや体調を話のネタにしがちだが、彼女の口調からは他の四十代半ばのような自虐は感じられない。言い方がさっぱりしているからか。俺や卓郎と同じフリーライターで、タレントのインタビューから女性誌のカルチャー欄の記事まで幅広く手がけている。「丸ごと一冊ハワイ」みたいなガイド本の作成でしょっちゅう海外に出向いてもいる。さっき車内でふるまわれたのもベルギー取材のみやげのチョコレートだった。

「どこ停めたっけ」サービスエリアの建物を出て車に向かう際に誰か一人がいう言葉を、ここでは水谷さんがつぶやいた。車のキーを持っていると誰もが必ず無意識にキーホルダーの輪を指でくるくる回す、やはりそれを水谷さんはしてみせた。またも、無視ではなく誰も答えを言わずにしばらく四人ひとかたまりで歩いたが
「本当、どこだっけか」俺が立ち止まると皆が慌てた。

「誰も覚えてないの？」「えーっ」「停めたの戸倉君でしょう」皆、自分以外の誰かが把握していると思っていた。卓郎は「どんな車でしたっけ」とさえ言い出した。

「えーっとね」

「愛車でしょう、愛車！」う、うん。俺は腰に手を当てて踵をあげ、駐車場を見晴らした。十月半ばの、寒くはないが靄がかかったはっきりしない天気だ。平日の午前で、さほど混んでる様子はないが、いつもそうであるように、がらんとしているわけでもない。必ず何十台かは停車している。キュイ、と音がしてカップルがこちらに歩いてくる。降りたばかりの車に鍵をかけた音だろう。

「さてさて、と」

「停めたときになんとなく覚えておかないと」叱られながら適当に歩き出す。中年になるとあまりされない「叱られる」ということが、この年で免許を取ることで増えて、新鮮だ。叱られてしゅんとしたりむっとしたりするのは「いい気持ち」ではもちろん

ない。だけども、かつての当たり前に叱られる年齢だったときに若返ったような（嬉しい）錯覚もある。

日産ラシーンは製造中止になって十年以上たつから、そうそうある車ではない。フォグランプとグリルガードはラシーン専門の中古車店でオプションに「奢った」もので、だから固有の「顔」もある。

勘で列を探りここと思って歩いた、その一列向こうに愛車は停まっていた。鼻面の短い白いハイブリッド車と、やはり鼻面が少しだけ伸びた紺色のミニバンとに右と左を狭まれていて、俺のがやはりかわいいと――さっきまで位置を見失っていたくせに――思う。「愛」車とはいったものだ。自分の子供を溺愛する親バカの気持ちが、車を買ってみてしみじみ分かった。

小走りで近寄り、次に運転する水谷さんのため、初心者マークを外す。

「うわ、忘れてた」後ろに回って二枚目を外している間に水谷さんは運転席のドアを開け、開けるなり顔をおおげさにそむけた。なにを忘れてたのかと思ったが、表情をみて俺も思い出した。芳香剤だ。

「イヤだ、慣れてた自分を嫌いになる」

「すみませんね」伊勢行きの車中で琴美に言われてからあちこち探し歩いた。いわば「稚気」で取り付けたポピーが、今こうして皆に不評だ。特に女性たちに。最近は、その人が乗りこむ前に必ず断りを入れることになっている。いっとくけど、ポピー臭いよ、と。琴美もきっと——付けろといった張本人なのに——ちゃんとものすごい嫌な顔をしてみせてくれそうだ。再検査の末、先週からまた入院している。

「よく売ってましたね、ポピー」途中で拾った卓郎はすでに朝、水谷さんが抱いて口にした言葉をまた車内に発した。年下でも卓郎はまだポピーを知っていて、祥太はもう、有名なテレビコマーシャルもみたことがない世代。

「うん」ポピーの小瓶は助手席の手前に取り付けてある。ミラーにぶらさがるマスコットはまだだが、将棋の駒になまはげの顔のついた交通安全のおまもりが後部座席のドアポケットにねじこんである。これはカーブの度に鈴がうるさいので取り外してしまった。

「探すの大変だったんだよ」カー用品専門店にもポピーはなかった。あるのは外資系の、室内用の消臭剤である「ファブリーズ」ブランドのものばかり。十年以上前に「芳香でごまかす」のでない「消臭」を謳う時代がきたのだ。

「探さない」水谷さんは忌々しそうに素早くシートベルトを引き出し、今の言い方、お母さんみたいだと思う。この世には、女のために香水とか売られているのに、女は匂いが嫌いだ。嫌いだし、嫌いだと「言う」。そのこと（匂いを嫌う行いより「発言」）は――案外本人達は気付いていないが――とても中年ぽくみえる。もっとも、香水と芳香剤を同列にする雑な把握も、中年男特有のものだろうから、お互い様か。

「魔がさしたんだよ」シートベルトを差し込みながら頭を下げて再び謝意を示す。ここで水谷さんにおおむね賛成なのは、本当にポピーの匂いは嫌なものだからだ。自分で買って取り付けておいてなんだという話だが、胸焼けしそうな古い香りだ。

「それでは」水谷さんは座席の位置を前に移動させ、エンジンをかけた。カーナビにはすでに行き先が入っている。三国山脈を越えて新潟まで向かい、日本海を横目に富山まで。先は長い。

「しゅっぱーつ」出発する前、多くの人が同乗者にそういった声をかける。無言で発進する人は案外、少ないものだ。いきますとか、出ますとか小声を出す。なにもいわずにするりと運転が始まるのは、ごく短距離の移動か、同乗者との関係がよほど慣れきっているときくらいだ。

汽車の車掌がいう宣告の調子で語尾をのばしたりもするが、何人かとドライブをするうち、別にこれは浮かれているわけではないと気づいた。自分自身が発進させるときの心持ちに照らして、分かった。これは、おはようとか、いってきますとか、そういう反射的に出てくる挨拶のようなものだ。単に移動の開始を告げているのでもない、我々は今このときから停まっている存在ではなくなりますよ、動く私たちに変わりますよという様態の変化を告げているのだ。運転者は変化を予告できる、車内の唯一の存在だから。

はーい、はーい。後部の男たちも――はしゃいでいるわけでもないのだろうが――素直に返事をする。広い駐車場の地面の矢印に従いながら二度ほど曲がり加速して、高速に合流し終えたところで水谷さんは小さく息をついた。

「ノリオ君のさ」水谷さんはここにいない男の話題を持ち出した。

「漫画どうだった？」

「それが……」

「あ、ノリオさん、どうでしたか？」背後の祥太も言葉を挟んでくる。

「ダメだった」

「えー、ダメだったかコンペ。あれ、よかったのにねえ」残念そうな表情になる。少し前、水谷さんにはコピーをみてもらっていたのだ。この夏ノリオの描き上げた漫画は百ページ超の大作だった。

「あの雑誌、創刊号が売れなくて、二号の編集方針が……」と説明している途中で今度は水谷さんがうわあ！　と声をあげて遮った。

「また、創刊号売れず編集方針変わるパターンか！」最近の漫画雑誌界ではよくみられることだ。

一瞬だけノリオの気配を思い出す。大作を描き上げたまま、小さなミニバンの後部座席で彼はずっと寝ていた。あのときは太った青年の暑苦しさとだけ感じ取っていたが、そうではなかった。あれは力作漫画を徹夜で描き終えた直後の、作動を終えた機械がまだ熱をもって静止している気配だったのだ。四人乗りのラシーンの、さらに後ろに席はない。振り向いてみても祥太と卓郎の後ろはリアウィンドウで、後続車はいなかった。卓郎はタオルを顔に載せている。

「漫画、売れないからな」俺がいい

「ていうか雑誌が売れない」水谷さんがいい

「ていうか本が売れない」寝てるかと思った卓郎がタオル越しにいい

「どよーん」と祥太が擬音を口に出した。

「ノリオさん、落ち込んでますか？」

「メールの返事がないんだよな」最近の気がかりの一つだ。草津では温泉でもゲームをしているときも、常に一番大きな笑い声をあげていたのだが。

「まだノリオさんって、岡山でしたっけ」

「そうだよ」ノリオは工場勤務の派遣社員だ。コミケや、なにかの催しの際にだけ上京してくるが普段はネットで会う。岡山ではシネコンまで車で一時間弱かかり、二十一世紀でもテレビのチャンネル数が少ないと嘆いている。

「え、じゃあ原稿は……あ、そうか、ネットでデータをやり取りできますもんね」祥太が納得してみせた。たしかに今は、地方在住のまま活躍する漫画家も多い。編集者も新人に対し、上京を無闇に促さなくなっている。

水谷さんはハンドルを握ったまま険しい顔で「アシスタントを雇わなくていいうちは、まだね」と付け足した。左手で一口ちょうだい、という仕草をしたので、飲みかけのコーヒーを手渡した。

「そのコーヒー超不味いですよ」祥太が言い足し、自分では不味いとか思わなかったので少し怯む。水谷さんは同意も否定もせずに黙って紙コップを返してよこした。俺にも、俺にもコーヒーという卓郎の声音は、飲まずに寝た方がよいと思わせるうわごとめいた抑揚になっている。

「そういえば、そろそろ祥太君の恋愛のその後はどうなったのか、聞かせてよ」気を取り直して話題を変えようと、ハンドルに手を置き前方をみたまま水谷さんが切り出し、祥太がお呼びですかとばかり、後部座席と前部座席の隙間からつやつやした顔を覗かせてくる光景もすっかり見慣れたが、俺は「待て」と犬に命令するみたいに制した。

「まだだ」あのことを忘れたのか、と眉間の皺で示す。祥太はまだ分からないようだったので、言葉を継いだ。

「色恋の話をしてると、分岐を間違う」前回のドライブで得た教訓だ。祥太はやっと破顔した。

「なにそれ」呆れ顔の水谷さんに、前回の死の峠ドライブの顛末をきかせる。きっかけは仲間内の泥沼話だった。説明しながら、そもそも色恋自体が分岐だらけなのに、と「うまいこと言った」ような言葉が浮かぶ。

「じゃあ、なんかかけて」水谷さんはハンドルを握ったまま——骨こそ鳴らさなかったが——肩を動かした。正しい位置がずっとみつからないという風によくみせる仕草で、肩こりの悩みはずっと前からぼやいている。

「了解」既にケーブルで接続されて座席下に落ちていたｉＰｏｄを拾う。画面をみつめながら、不意にぞくぞくと冷えた空気に包まれたような感覚と既視感とに見舞われて顔をあげ、また戻す。さっき、ノリオの気配を背後に感じたのと似た思い出し方。

なんかかけて。

昔、水谷さんはまったく同じ台詞をいった。

そのときも水谷さんは車の運転席で、俺は助手席だった。十年近く前の、年末のとりわけ寒い夜で、二人とも白い息だった。水谷さんの（実際には当時の旦那の）車で、水谷さんは泣き腫らした直後で、鼻をグズグズさせていた。そのときは肩を動かす癖はなくて、ハンドルを握った指さえ少しも動かなかった。車を発進させる気はなさそうで、俺はサイドレバーの周囲に散らばっているカセットテープを、かじかむ手でいくつか拾い上げ、外のわずかな明かりを頼りにラベルを凝視した。このころ音楽を聴く主な手段はMDやCD－Rだったから、プラスチックの感触に懐かしさも感じながら。

今はカセットテープではないがやはり掌に納まるサイズの四角いiPodをいじり、俺は無難な選曲のプレイリストを出して再生する。イントロだけで全員が――というのはつまり、男女の別だけでなく、二十代三十代四十代の誰もが――分かって口ずさむ「さすらい」。

まわりはさすらわぬ人ばっか　少し気になった

奥田民生の案外に粘り気のあるボーカルとともに口ずさんだ水谷さんは、途中で「なになに」と小声で不審げに口をとがらせたが、またすぐに続きを歌い始めた。顔をあげるといつの間にかハイブリッド車がすぐ前方にいて、斜め後方の追い越し車線から強引に割り込んできたのだと分かった。水谷さんはもちろん今、泣き腫らした顔ではなく、鼻水もすすってない。むしろ好きな曲のおかげで肩の痛みも少し薄れたというような気楽な顔だ。

不意に泣き顔を思い出したのは、十年前と〝同じ状況〟になったからだ。

今朝からさっきのサービスエリアまでは、俺の運転だった。普段、どこかでともに飲んでも、取材先で顔をあわせても、白い息で鼻をグズグズさせる水谷さんが脳裏に立ち現れることはない。快活で、少しだけ姉御肌で、男達のくだらない言動には呆れてみせたりもするが、他者にいつでも気遣いする、優しい人だ。

もちろん「忘れた」わけではない。車内で涙を流した夜からほどなくして、旦那と別居し、離婚したという事実まで忘れず知っている。だけど今、助手席が俺、運転席が彼女になったことで、同じ並びのあの時間が立ち現れた。

それは〝知っている〟のとは別のこと。二人とも光に照らされていない、真っ暗な車内にいた時間と今とが、同じ「なんかかけて」の台詞によって不意に地続きになったのだ。

水谷さんと俺は色っぽいムードになったことが一度もない。出会ったときはお互いに結婚していたからだろうか。あの夜でさえ俺はまごついただけだ。出し抜けの涙に対して、自分に不用意な発言があったか心で遡ったり、直前の取材での出来事をあわてて反芻したりするのがせいぜいだった。俺はずっと「さん」付けで呼び、彼女も駆け出しだった俺の仕事ぶりをなぜか高く買ってくれて、今でも時折仕事を共にしている。あの日も軽井沢のはずれにある、高名な漫画家の別荘での取材だった。ザ・血統書つきといった風な、見事な大型犬と中型犬が室内をうろうろし続ける、その毛並みを褒め続けるのにいささか飽きて(疲れて)、決して取材中には言わずにいたものの家を辞去してこうして車の扉を閉めたことだし、さてなにか立派過ぎる家や犬についての軽い揶揄の言葉を二言三言、やっと漏らすことが出来る……。

「レコーダーが犬のよだれまみれですよ、大丈夫かな」しかし水谷さんの返事はなかった。

「なんですかね、あの……」犬、まで言えなかった。

「ああ、犬ね」涙をこぼしたまま、水谷さんは笑い顔を作ろうとした。犬のことなんかで泣き出したのではない、それはさすがに分かった。目の前に停まっている漫画家の愛車が、昔自分等が乗っていた車と同型なのだといった。そんなことで、泣くほどの記憶を喚起させられるのか、俺はそうですかとしか返答できなかった。

夫婦間の不和について、打ち明け話をしてもよいと水谷さんに気を許されたのはあの夜だけだ。

「本当に好きな人が出来られたら仕方ないよね」できられたら、と水谷さんは誤った実感のある言い方をした。

強引なハイブリッド車はアメンボのような身軽な印象も与えつつ、さらに前方の車列の隙間をすっすと縫いながら遠ざかる。水谷さんは十年近く前の車内のやり取りも、直近に置かれた芳香剤の匂いのことも等しく忘れているような顔でハンドルを操り、「さすらい」を口ずさむ。

海の波の　続きを見ていたらこうなった
胸のすきまに　入り込まれてしまった

胸のすきまに入り込まれるというのは、今のフラッシュバックのようなことだろうか。それは別に切ないのでも甘美なのでもない、ただの記憶ではある。水谷さんにしても今、特になにも「入り込まれて」いない、たぶん。

「どうしたの」

「なんでも」俺はカーナビの画面をみていたふりをした。

男の歌を口ずさむ女は素敵だ。女の歌を口ずさむ男は別に普通。その人その人が、目にみえる外見と無関係の、目にはみえないその人だけの「形」をあらかじめ実は持っている。その、形にぴったりはまった、ぴったりできた自分が嬉しい、そう、ここ、これこれ、という気持ちで納まりに身を委ねる……歌える曲が車内にかかったとき、どんな女もそういう顔をする。だからそれが男性の歌う曲だったとき、歌う女も少しだけ男になっている。車を運転しながらだとさらにそうみえる。

「少し気になった」という「さすらい」の歌詞は常人には出ないものだ。前段の「人ばっか」と音韻をあわせて出てきたのだとしても。

人はたしかに諸事について「少し気になった」という程度の気にかけ方で生きていて、だけど常に、いずれ大胆に「さすら」うことを思ってもいる。

「けっこう力あるね」加速で、車の馬力を言っているのだと分かる。

「そう？　四駆にしては全然。坂で非力」初心者とはいえずっと運転しているので少しずつ、自分の車を把握してきている。

「私もこれほしい、実家だと軽だからなあ」

「皆、今はそうですよ」祥太が口を挟む。

「祥太君は実家、名古屋だっけ」ワンボックスカーのブームも終わり、特に地方都市では、ひたすら維持費の安い軽ばかりが増えている。

「でも、本当にいつか欲しい車はジュリエッタ」やや感嘆符のついた語尾で水谷さんは教えてくれた。

「なんですか、それ」

「六、七十年代のやつね」

「昔の、アルファロメオな」若い祥太は分からないだろうと補足してやり、俺は快哉の意味で口笛を吹きたくなった。

男の歌を口ずさむこと以上に、好きな車がある女は皆、素敵だ。すべての女たちは――免許があろうとなかろうと――好きな車を心に抱いていてほしい、それも単に「アウディ」とか言うのではなく、車種まで定まっているのがいい。そのことは、たとえば欲しい贅沢品があるというのとは似て非なる「心持ち」だ。

今はこんな風な「私」だが、まったく異なる風に生きている「私」というものの輪郭を、彼女達は常にまとって生きている。向上心があるというような単純な善良さとも違う。得られないかもしれないことも、知っている。いつか努力の末になれるかもしれない、幸運でそうなるのかもしれない、とにかくその、異なる「私」は、絶対に私なんかよりも颯爽としているんだ。そう思いながら、現状の不遇を嘆くこともなく、ただただ颯爽とした（車を運転する）自分を思って生きる。「住みたい町がある」ということに近いかもしれない。だが、どこかに留まりたいのではなく「移動し続けたい」と願っている、そのことに宿る身軽さとエネルギーに、俺は惹かれる。いつか彼女達は車とも無関係に、いきなり「颯爽としたその人」になる、そんな気がするのだ。

さすらいもしないで　このまま死なねえぞ

矢野顕子はこの曲をカバーしたとき「このまま死なないわ」と女性らしく変えて歌った。とてもいいカバーだったが、でも、死なねえぞのままでよかった。祥太に相槌をうっていて、水谷さんの横顔を見逃した。「死なねえぞ」という通りの顔を、うっすらとでもきっとしてみせたはずだ。十年前のあの夜、俺は、白い息をはきながら、なんの曲をかけたのだったか。自分の車ではなく、落ちていたカセットテープのラベル表記だけをみて、適当に差し込んだのだ。

　思い出そうとしたときカーナビが二キロ先の分岐を告げた。とっさに人間（祥太と俺）も告げる。

「新潟」「新潟」と。間違いようのない間違いを、しないように念をいれ声をかけたのだ。水谷さんは意に介していないが、もっともだ。彼女はかつて間違えた人ではないから。

　間違えた人だけが、間違えたことの結果を経験できる。そしてあらゆる間違いの中でも「行く先」の間違いは、比喩ではなく「大きな間違い」になる。全然異なる場所に連れて行かれ、そこで我々の示すふるまいも気持ちも、常とは大きく異なったものになる。高速道路の間違いは、逆戻りができない点でも、なんというか劇的に「違う」。

　それにしても。間違いといえば思うのは永嶺だ。二つの違う場所はメールの上では同じ文字（草津温泉）だった。「二度上（にどあげ）」という峠の名をあのあと俺は覚えた。高崎から北軽井沢へ向かったときの十二指腸のようなあの峠の名前だ。かつては電車をスイッチバックさせて運行させていたというほどの峠だそうだ。

　まるで異なる道行きになっても、その道同士はつながっていて、結果が同じになる、辻褄はあわせられるということも、俺に示唆的な気持ちをもたらした(「すべて道はつながっている」とだけ言ってしまうと、ただの格言のようなのだが)。もっとも、あのとき地獄を通り抜けたような気持ちに心底つつまれたのは初心者マークの俺だけで、あとの面々は免許を持たないか、逆に運転に慣れていたので、不安は少しだけで、まあ大丈夫だろうと気楽に構えていたそうだ。

水谷さんの運転する車は無事(当たり前のことだが)新潟方面に進み、俺はもう諸君ら、色恋の話でもなんでもしたらいいよという気持ちでシートに深く座り直したのだが、水谷さんは特にその話題に戻らず、そのときそのときにかかっている曲を時折口ずさんだ。ハナレグミやトータス松本が、かつてバンドのときは割と「面白」な風でもあったのに、ソロになってから真面目な曲ばかりやるようになったことに対しいささか否定的な評を、そしてちょうど数曲目にかかったレキシを称える言葉を述べた。とにかく、好きな曲が続いて楽しそうだ。遠くのカーブの向こうに、耳掻きというには少し掻く部分の長い外灯が連続してみえる。

「ああ、やっぱり、いきたかったなあ、私も」水谷さんは羨ましそうにミラーの中をみつめる。ついさっきまで視界の遠くにあった、耳掻きみたいではない形の外灯の並ぶ下を通り抜けるときにまた曲が変わったが、水谷さんからは特に批評の言葉は出なかった。

今回は藤子不二雄（主にAの方の）関連の取材で氷見までいくというのに、水谷さんは同行しない。彼女だけ新潟で親戚の葬式と聞いている。たまたま我々の取材と日程があったので、半分運転してもらえることもあって同乗してもらったのだ。

「水谷さんは、どっち派なんですか」振り向くと祥太はなんと車内で漫画本をめくっていた。車に酔わない質なのか。寝てると思っていた卓郎もスマートフォンをいじっている。

「どっちって、FとAのこと？」そんな質問をできること自体が、若い世代の証拠だ。藤子不二雄を二人で一人と把握していた世代にはとても難しい問題なのだ。藤本弘と安孫子素雄の二人が、コンビを解消したのが一九八七年のこと。

なぜ、気付かなかったんだろう。多くの者が後にそう思った。今みれば『怪物くん』の絵柄と『ドラえもん』の絵柄はまるで違うのに。同じ人が描いていると信じて疑わなかったのだ。

「両方」自分の返事にあわせるように水谷さんは車を加速させた。

だんだんとトンネルが増えていく。我々は知っている。日本海側と太平洋側の違いを。特に天候がくっきり異なることを、天気予報でうっすらと実感しているが、それは山が雲を遮るからだ。山は具体的にある。今回はとりわけ大きな山を越えていくわけだが、二度上の十二指腸のような道行きにはならない。くり貫かれた巨大な穴を我々は通過していく。トンネルに入る度、明るさだけでない、車内に響く音も変わる。断続する光のまだらの中に取り込まれると、誰もが少し口数が減った。

東京を軸に考えたとき、富山はとても遠いところだ。北陸新幹線の開通もまだ先なので、電車にしろ車にしろ、移動には長い時間がかかる。これがもっと遠い高松や九州となると、飛行機が選択肢に入ってきて、ある意味「すぐ」の場所になる。藤子不二雄が「F」と「A」になる前の、「藤子不二雄」と名乗るさらに前の、ただの絵のうまい「藤本少年と安孫子少年」だったとき、彼らは夜行列車で上京した。憧れの手塚治虫に会うためにお金を貯めて。そのことは伝記漫画にもなっている。十時間以上をかけ、朝の上野駅に彼らは降り立った。汽車の煤で汚れた顔を洗うため、上野駅のホームには手洗い場がいくつも設けてあったと聞く。

我々は彼らの故郷に逆行している。夜行列車よりもう少しスムーズに、半分くらいの時間で到着する見込みだが、若い彼らの大移動の心意気を、つかの間感じられる気がしてくる。

　また次の長いトンネルに入る。トンネルでは、我々の発する声も音楽も少しだけ遠くなる。

「国境の長いトンネルを抜けると、か」全然、藤子不二雄と関係のない安直な言葉が浮かんだ。首だけで振り向くと、トンネルの照明のオレンジ色に祥太も、またうとうとしはじめた卓郎の寝顔も一様に染まっていた。

　長いトンネルをいくつ抜けても無論、雪景色にはならないが、窓外の景色は様相を変えていく。スキー場のリフトが山の頂きに向かって細いロープを伸ばしている。川端康成の有名なあの書き出しに出てくるトンネルは、高速道路のものではない。汽車のトンネルだ。だけども、同じように激変するのだろうと窺い知ることはできる。

「ガーラ湯沢ってここのことか」スキーをしない者にとっては、コマーシャルで聞いただけの不思議な地名だ。へぇ、と言いそうになるが、あまり素直に感心をあらわにするのは「おぼこい」ことかもしれない。まだ学生の祥太なんかの方が、大抵のことは「知っている」顔をしている。まるで八十年代以後の評論家のように、なにを見知

って も「それはつまりあれですよね」と即言える。それで、へぇ、という言葉をひとまず飲み込んだ。

だが俺は俺で、そういう、人間の「世知に長けた態度」を疑ってもいる。

四十過ぎて、諸事に対し「なるほどね」などといちいち感心するおのぼりさん的な言動を、実際に侮ってかかってくる者もいる。だが、それが何十歳であろうが感心してしまうものは仕方ない。特に車を運転するようになってから、そんな感心ばかりするようになった。

大人になるまで海をみたことのない人は存在する。きっとみたら、(皆にみせる態度はどうあれ)子供みたいに心が驚くだろう。牛や馬が大きいことも、知らないまま立派な大人になる者はいくらもいる。何歳から、諸事に対して(アニメの中のハイジみたいに)人は目を輝かせなくなるものなのだろう。そうなっていく度合いに、相場ってあるんだろうか。

標高がややあがったか、霧がかかってきた。せっかく(奢ったの)だからと助手席から手をのばして勝手に点灯させる。フォグランプってどういうものか、それも中年になるまで(こうして車を買ってオプションで装着して点灯させるまで)俺は知らなかった。いつも、外からみていたのだ。ヘッドライトとは別の黄色いランプが点灯しているのを。

フォグランプは視界のない霧の中で、通常のヘッドライトに加えることで視界をさらに得るものだと思っていた。「よし、頼むぞ、フォグランプ！」といった心持ちで用いるものだと。

違うのだ。点灯したフォグランプは前方を特にみやすくはしない。対向車がこちらを視認しやすくなり、衝突の危険を回避するためのものだ。知ったときすぐ、たまたま一緒に飲んでいた祥太に聞かせても――「知ってます」とか「常識ですよね」とは言わなかったものの――「そうなんですか」と気のない返答で、人間が素直に驚いたり感心したりしないことへの疑念がやはりそこでも感じられたのだった。

霧の向こうの左車線に無垢のタンク車がみえる。草津行きのドライブでもみかけ、皆ではしゃいで「映った」やつだ。町中でなく高速でだけ出会える車といえる。

真後ろにつくと面白いのだが、わざわざ左車線に移って煽ることになるのもおかしいし、特に話題にするまいと思った。だが水谷さんは
「あ、あれの後ろいきたい！」俺やかつての永嶺とまったく同じ稚気を示し、車線を

わざわざ変更した。あのタンクに積載されている品名をみてくれ、と頼まれさえした。

「品名?」話している間にもラシーンはぐんぐんと加速する。

「ああいうタンク車、積載品の品名が具体的に書いてあるんだよ」

「乳製品って……書いてありますよ」デジカメのズームを使ったか、後部の祥太が先に名称をあてた。

「いいねえ」なにが「いい」のか、水谷さんは豊かな顔になって、真ん中の車線に戻る。「危」と大きく黄色字で記されていたら中身は天然ガスかなにかで、それは別に「普通」だそうだ。

「あのタンクは、ビックリマンチョコでいうとヘッドロココみたいな、キラキラしたレアシール的なもの?」冗談のつもりが
「そう!」正解だった。自分でもあのタンク車が好きだったのに、自分以外にも同じように思う者が身近にいて、しかも自分にもない独自の価値を定めていたことに驚く。中年こそ稚気だよな、とまで思い、深く座り直す。

新潟が近付いてきた。二度目の休憩は食事を兼ねて新潟近辺でと言い合っていたが「ハードオフ行きませんか、ハードオフ」と卓郎が不意に言い出し、途端に「いいね

え」の声が男同士で揃う。水谷さんの「なにそれ」の言葉はその重なり（ユニゾン）の中、埋没した。

「なにそれ」めげずに水谷さんは言い直し、肩を動かした。俺はフフッと笑い声が漏れる。知らないながら、なんだかそれが嫌なものだという気配は語感から匂ってきたのだろう。ハードゲイ、ハードコアポルノ、そういう類いの響きがあったんだろうか。

　女のいない車はいい。前にしみじみ漏らしていた永嶺の姿が、同じく運転席にいる水谷さんにつかの間、重なった。

　もし、今、女が多数派だったらこの車の行き先は「道の駅」だ。最近まで馴染みが薄かったがいつの間にか広まっていたそれらの施設で、その地方の名産品だとか、新鮮な食材（野菜のこともあれば、なにかのだしとか醤油みたいなもののときもある）とかを物色するのだ。

　同乗した少数の男たちは「へえ、いいね」みたいな相槌を打たなければならない。道の駅は、特に退屈で死にそうとか、いるだけで嫌悪感が広がるような場所ではない。少しは店内を巡って、興味があるような気持ちで手に取ってみたりもする。そこが食事もできる場所だったときは、特産のうまいものを食べられて、満足さえ得る。

でも、まったく、女って、なんで「行きたいところ」があるんだろう！　あそこは特に、煙草を吸わないのに吸う人みたいな距離をとり、なにも売ってないところで手持ち無沙汰にする場所だ。

その「逆」が今、ここで急に発生した。思ってもみなかった、車に乗っていて、不意にぶらりと寄りたい場所が自分にも発生するなんて。

「ハードオフはね。いいところだよ」

「いいですよね」

「ギターのシールドとか売ってるんですよ」

「今時ＳＣＳＩの接続延長ケーブルとかね」

「ケーブルばっかりですね」

「やだ！」男三人の畳み掛けに水谷さんは即答した。今のいい、すごくいい「やだ」だったなぁ。笑みが漏れる。

「地方のハードオフ、いいだろうなあ、半日くらい入り浸りたい」

「掘り出し物ありそう」

「やだよ！」

「ベルギーの素敵なチョコくれよ」水谷さんの不興で調子づき、後部の祥太にうながすと、もうないですと代わりに不二家のポップキャンディを袋ごと差し出してくる。同乗三人のうちの誰の趣味だと思いつつ一本手に取って頰張った。あんまい、と思ったが口に出さなかったのは、これは味が予期できていたからだ。

「食う？」

「いい」水谷さんは怒ってはおらず、呆れ笑いのような気配を横顔にたたえたままハンドルを握っている。平たい飴は最初のうち瀬戸物のような感触を舌に与えた。

後部を振り返り男二人をみれば揃って、唇から白い棒が飛び出ている。俺もこんな邪気のない顔してんのか、今。座り直して、漫画のように呑気な男たちのふるまいを、ハンドルを握りながら水谷さんは侮っているだろうと思う。それは心地よい侮りともいえる。男女双方に必要かもしれぬ侮りと侮られだ。

だけど、さっき上里(かみさと)のサービスエリアで、ポスターの中の女を無邪気に褒めた男二人に対しては、俺は馬鹿だなあと思った。あれは、つまらない、ずれた侮りを生む一歩だ。

女の前で女を褒めてはいけない。女を褒めていいのは女だけだ。そのことはかつて何人かで議論しあったことがある。

ある男は「女子アナとかグラビアタレントとか女優とかを迂闊に褒めてはいけない」といった。

別の男は「特にお酒のコマーシャルに出ている美人を褒めてはいけない」といった。

俺はいった。「そうじゃない」と。大仰に皆を見回し「『そこにいない』美人を褒めてはいけないのだ」と続け、おぉと皆の口から声が漏れた。

男が女の前で誰か美人を褒めたとき、その言葉は執念深く覚えられる。覚えられてどうということは一見、ない。あんな女が好きだなんてとそしりをくらうこともあまりない。ただ、間違いなく不興は買っている（なぜ分かるかというと、経験でとしかいいようがないのだが）。なのにどうだ。さっきの二人みたいに、それこそ空気がプシューと漏れるように無防備に「言う」だなんて。

女たちは、自分たちが素敵な男性（それ自体や、男性同士の関係性やシチュエーション）の話をしているとき、猥談のように下品ななにかを男に感じ取られている可能性を察知し、自意識で身構えることがあるのだろうか（性的なことを話していないからリビドーがまろび出ていないとは限らない、好き嫌いを「言う」こと自体が下品になりうる)。男も女も、なにかを好きという気持ちに対してはどこまでも照れるべきだ。

しかし、無防備に(男に媚びている＝女子アナやアイドルなどの)美人を褒めそやす男たちに遭遇したとき、女は(減点しながら)しばしば、寛容なそぶりもみせる。「男って本当に馬鹿」と一段上から慈しむような態度をとる。まったく仕方ないなあ、と。とみに最近、女達は男をバカということにしたがる。「バカにしたがる」のではなく、だ。だがその見立てはおおざっぱに過ぎる。男は馬鹿だが、たとえば映画『ハングオーバー!』の中の人たちのように馬鹿なのでは、実はない。女が思うほど、男は女が好きではないし、本当は興味が薄い。ハードボイルドに孤独なのでもない、無機質な「個」のように、ただボーっとしている。

右手前方に大きな送電塔がみえてきた。道路を斜めに横断する送電線をくぐるときだけ、車がゆっくり走っている錯覚があって、今もそれを感じる。

「俺、練習用のアンプ欲しかったんですよね」祥太は蒸し返した。

「そういうの、一番得意だよ、ハードオフは」

「アドバンスじゃないゲームボーイのソフトとか」

「スーパーじゃないファミコンのソフトとか」

「いいねえ」

「行かないからね！」水谷さんが再び慌てているのが面白い。自分が運転していて、つまりは行き先を司ることのできる立場なのに。

「水谷さん、どんな場所か知らないで、変な場所だと決めつけてるでしょう」

「偏見よくない」

「いいよー、ハードオフ」などと男三人、軽口を繰り出しながら分かっている。本当にはハードオフには行かない。水谷さんを下ろして後、夕方には氷見に着いていなければいけないのだ。今、発生しているこれは、それこそ「からかい」の一種だ。水谷さんを少し困らせてから、引っ込めるであろう、流れがもうみえている。


だが、（やはり）口には出さないが、真面目に考えてみる。公平に今ここの民衆による多数決で決めるなら、今から本当にハードオフに向かってもよいはずなのだ。そんな変な場所にはいかないのが「当たり前」とまでされるのは不当だ。それが「変」な場所かどうかという定義も個々の価値観によって異なるし、ハードオフは特に公序良俗に反する場所でもないのだから。もしも、女たちが多数派のとき、男の興味のないところに立ち寄ろうと盛り上がっている時に、もし俺が運転していたら、「行かないからね！」と今の水谷さんと同じ強気さで言い放つことを許すだろうか。道の駅は変ではない場所で、ハードオフは変な場所だから駄目だろうか。

しかし、困惑や否定の気持ちを隠そうとしない水谷さんの態度を責める気持ちもそんなにない。そんなにないどころか、まるでない。

「わーい、ハードオフ、私も行きたい行きたい」といってもらえたら、もちろん嬉しいかもしれないが、そうでなくてもがっかりしないし、構わない。ただただ考えだけが進む中、水谷さんは前を向いたまま質問をいくつかして、若い二人からシールドとはなにかとか、要はガラクタを売っている場所だとか、情報の肉付けを得ている。

ここで、昼飯は全国チェーン店がいいと畳み掛けたらさらに「良い嫌そうな顔」をみせてくれるだろう。実際は、卓郎がチェーン店ではない、地元の店を「検索」してくれるだろう。リクライニングを一段階だけ倒し、とっくに飴のなくなった後の棒をくゆらせる。ファッグスの、人を喰ったとしか感想のもちようのない曲（たしか、なにかの映画の主題歌だった）が終わった次にキリンジのイントロがかかると、水谷さんは失いかけた勇気を取り戻したような笑顔をみせた。

　この旅客機に　蒼くて仄暗い　ダンスフロアがあればね
　可愛い女の子　キスを見舞うぜ　ベイビ

つづく「今だ、さあ！」のところで男三人と女一人の声が揃った。遅れて、料金所です、とそれまで気配を消していなかったかのような機械の女が声をあげた。速度を落とし、身体が前に動いたところで肉体の疲れを皆が少し意識する。「着いたー」ETCの出口を抜け、水谷さんは一般道に入る前に大きく息をついて、また曲を口ずさんだ。

俺は「女の前でそこにいない美人の話をして損こそあれなんの得もない」という戒めを心から正しいと思う者ではあるが、女は男以上に「(そこにいない)可愛い女の子」が好きだとも思う。むしろ、男には分からない美人のディテールを目で言葉で味わい尽くしている。なんというか、女の方が、より生きている。きっと女の方が「キスを見舞」いたい。

そしてときどきは「可愛い女の子」が好きだという意見の一致で男女ががっしと握手を交わしたくなるような時がある。今もつかの間、四人は世代差と性別差を超えて一体となって同じ歌詞を唱和し、車も（旅客機ではないが）はるか上空を優雅に飛行しているような高揚を味わった。実際には我々は緩慢に時間をかけて下降してきていた。トンネルは、高低差を避けるための手段でもあるはずだが、それらをくぐるにしてもまったく平坦なわけはない。東京から日本海側に向かう際、あるときから下りがちになるのは、これも「峠を越した」という言い方の通りだ。

「昼、ここにしましょう」スマートフォンごと後ろから回ってきた候補店に、誰も異議を唱えなかった。

食べログの店で飯をすませ市街を走らせる。「うわ、こんなの建ったんだ」とかつて過ごした新潟市内を運転しながら、水谷さんだけが感想をぽつぽつと呟いた。

葬儀会場まで乗り付けていいというのを水谷さんは断り、駅前で停めた。祥太が先に降りて、トランクの荷物を取り出した。葬儀だからというわけではないだろうが、キャスター付きの鞄も黒いものだった。

「そういえばどなたの葬式なの」席を移るために俺も助手席を出て、ついでのように

尋ねると

「父さん」と水谷さんは軽くいった。

「えっ」祥太と二人、声が揃う。

「いや、言っても、うちかなり年いってるからね」軽い口調で付け足されるが、なんだかあっけにとられる。水谷さんが駅の入口に吸い込まれ、すぐに車を発進させながら、二人とも軽く驚いたままだ。卓郎だけ驚いておらず、あ、あそこにゆづはちゃんのポスターと無邪気に窓外をさし、俺はそのときは（バカだなあ）と女のように強く思った。そのときスマートフォンがメールの着信を知らせ、液晶に表示された数文字を俺は目の端にいれた。

「お父さんだなんて、驚きましたね」

「……そうな」

それから新潟から氷見までずっと、外国でみるような——いや、どこでもみたことのない形の——巨大な送電塔を横目に、かつ電線をいくつもくぐりながら、俺は無言になっていた。メールの先頭に「再発した」と書かれているのがたしかにみえた。

インターミッション2

夕刻、ガソリンスタンドに入る前、少し慌てる。直前まで車という密室にいて、私的な時間を過ごしていたのに、不意に知らない人と窓越しにやり取りをしなければいけないことに。

「レギュラー満タンで」と告げて、そのことにも慣れない。それ以外に放つ言葉はないのだが、言葉数がミニマムで、それが慣れている人みたいでいうのが恥ずかしい。

「お客さん、エンジン」

「あ、そうか」キーを回す。

「……開けてもらえますか」

「あ、そうか」慌てて操作してトランクを開けてしまう。給油機のマークのレバーを引っ張りあげる。まだ店員が去らないので、それまでこちらの不手際ばかりだったのに、なんだか苛々とする。廃墟のようなガススタンド跡をいくつか通り過ぎ、やっと開いていたありがたいスタンドだのに。

苛々するのは、普段は付き合いのない親戚が乗っているせいもある。失敗をみせたくない人のいるときに限って、確率を超えて失態を演じてしまう。エンジンも切り給油口も開けたのに、まだなにかあるんだろうか。

「支払は、現金でよろしいですか」

「あ、はい」すみませんと消え入りそうな声になるところで、やっと店員は給油口に回ってくれた。

おばさん（正確には、祖母の弟の娘）はスタンドでのしどろもどろに対しては特に感想を述べず、得になるという「クーポン券」を押し付けるように手渡してきた。おじさんは後部座席で寡黙だ。

群馬に近い埼玉で行われた、親戚の結婚式の帰りだ。乗せてってやんなさい。見慣れぬ着物姿の母に半ば命令され、もちろん「役立ちたい」と思っての免許でもあったことだし快く引き受けたのだったが、勝手が違うと感じたのは発進させてからのこと。

右折や車線変更の度にずっとおばさんからダメ出しを続けられた。ダメを出されることより、ごめんなさいねえ、うるさいおばちゃんでといちいち付け足されるのがうっとうしい。学生服を着ているときと同じにみえているのだろう。普段は無精髭をさすりながらのうのうと受け流せるのだが、こと車内という密室のムードのせいか、運転についてだからか、見事に「マウント」されてしまい、めげた。

「それじゃあね、体に気をつけてね、今度遊びにきてね」

「はい、はい、ありがとうございます」二人を降ろして走り出し、最初の赤信号で息をつき、肩を鳴らしてみたら琴美みたいに立派な音がした。後部座席に紙袋が二つも置かれっぱなしと気付く。どれだけ断っても、炊いた赤飯やら畑でとれた野菜を持たせたくて仕方なかったのらしい。式場で配ろうとして余ったのだ。昔から法事だなんだで会う度、おばさんは米十キロとかかぼちゃ五個とか、重たいものを好んで持たせたがる。重いものを運ぶのが嫌いだということは、主張しにくい。世の人もあまり好き嫌いを言わない類いのことだが、そもそも、誰もが誰に対してもあまり手で持ち帰らせようとしないはずだ。若いんだから、それくらい運べなくてどうするとかなんとか、無理に断れば自覚のないハラスメントをしてくるに決まっている。

今回は特に車だからいいでしょうということか。自室の四階まであれを手で運ぶのか。雨粒がフロントガラスに点々としはじめ、ワイパーを「ときどき」にあわせる。「ときどき」と呼ぶのであってるのかは、分からない。

ワイパーには「ときどき」「ずっと」「速く」の三段階がある。そのことを俺は子供のときからなんとなく知っていた。対向車のヘッドライトが雨に滲む。

まっすぐ帰宅するつもりでいたら、須崎からメールがきた。琴美と家の近くで呑んでいるのでよければこないかという。もうすぐ再手術だったはずだが、一時退院の許可がおりたのか。気持ちが弾み、カーナビに行先変更を入力した。

だが、目黒の人けのない路地裏で待っていたのは須崎一人だった。琴美は急の貧血で、家で寝ているといった。

「戸倉に謝っといてって」

「いや、そんなの、休んだ方がいいに決まってる」

「うん」須崎の顔面はまだ琴美を心配したまま、こわばりをみせている。助手席に乗せて低速で車を走らせるうち、雨脚が強まってきた。

「そこらで軽く呑むか」しばらくは運転できなくなるが、かまわない。

「いや、少し走ろう」須崎はシートベルトをした。ワイパーを「ずっと」に切り替え、都心の道を走った。

「中島みゆきのさ。『地上の星』って曲あるだろう」須崎が洋楽以外の曲の話をするのは珍しい。

「大ヒットしたやつな」働く者のドキュメンタリー番組に用いられたことで、男達の支持を得た曲だ。

「その『地上の星』の、B面はなんていう曲か、知ってるか」

「知らん」

「俺はな戸倉、この世にあるあらゆる『B面の曲名』で、こんなかっこいいのを他に知らない」

「へえ」赤信号で止まると、エンジン音に隠れていたワイパーがテンポを刻む。もうずいぶん前からB面とは呼ばない、カップリングと呼ぶんだとか、曲の題名についてそんな深く考えたこと自体なかったとか、いろいろ思った。

「『ヘッドライト・テールライト』」かなり間を置いて須崎は正解を口にした。それは今、交差点で止まっている我々が雨粒ごしにみているものの名称でもあった。

どこかから来て通り過ぎる黄色い光、どこかへと向かう赤い光。それらが寄り添ってつながって、今まさにその渦中に我々はいる。それは我々の営みの象徴だ。

「その営み全体が『B面』であるってことに、ぐっとくるんだ」信号が変わり、光が動き出した。もちろん我々も動いたのだ。起業の道に進んだ須崎は、だがかつては詩や哲学書を読みふける文学青年でもあった。

「なるほど」相槌をうちながら、前にドライブしたとき老けたと感じた須崎の横顔をまたうかがってみる。単純に、暗いのでよく分からない。看護疲れをしている気はする。煙草すっていいよと水を向けたが須崎は手で遠慮を示した。

「これ」ふと渡されたCD-Rの盤面は真っ白だった。プレーヤーにいれてみると軽快なイントロ。

「なんだこれ!」須崎は面食らった声。

「俺の台詞だよ」古いアレンジのオケにのせ、アイドル声の下手な歌唱が始まった。

「てっきり、今の流れだと中島みゆきのその曲がかかるって思うだろうがよ」

「それを今、焼いてきたはずなんだよ、戸倉に聴かせるからって……」

「琴美だ!」二人の声が揃う。

なにさ！　あなたなんて嫌い　女心がわかんなきゃ
お嫁さんには　なってあげないぞ！

「なんなんだ、あいつ」須崎は額に手を当て、だが白い歯をみせている。俺はひとしきり笑い終えてから、サビでくり返される意味深な歌詞について深読みをしてしまう。須崎がプロポーズしてくれないことに対して婉曲に抗議したのだろうか、他意はないのか。俺はワイパーを一瞬だけ「速く」にしてみた。

そのまま須崎にうながされ、俺は初めて深夜の首都高をひたすら飛ばした。カーブの続く四角いトンネルのオレンジの光に包まれ続けると、自分自身が肌ごと取り替わるような感覚の心地よさがあった。

明け方、家の近くで須崎を降ろす。紙袋の野菜やら赤飯を半分もらってもらった。うまそうじゃないか。野菜を手に須崎が礼を述べると、先刻までのおばさんへの不平の気持ちが収まって、むしろ申し訳ない気持ちが生じた。

「見送らなくていいから」まだ雨は小降りになっていない。

「琴美によろしく、今度は三人で『首都高バトル』しようって伝えて」

「ああ」発進しても、後部の窓ごしに須崎が立っている。挨拶がわりに後部のワイパーを動かそうとして、やり方が分からないことに気付く。自分の車なのに、分からない。そのまま遠ざかっていった。

「自分なのに」声に出してみる。自分が感じているのが嫉妬なのか哀しみなのか、悲壮感を抱かなくてよいことへの安堵なのか、分からない。早朝の雨の道はがらんとして、たまに出会う車も既にライトをつけていなかった。

第四話　惚れたはれたが交差点

車を運転すると、必ず車を停めなければならない。

「目的地まであと十四キロ」機械に言われる前から、すでに駐車する場所のことを考えて夜の環八を南に走らせている。バックミラーにスポーツカーがみえる。井荻トンネルをくぐるのはもう何度目かだ。親戚を乗せたときにも通ったが、くぐるたび「井荻トンネルか」と思う。入り口の「井荻トンネル」と書かれた文字は力んでいる。

車はどこかに停める必要があるなんて当たり前のことだ。あまねく乗用車一台ごとに車庫証明が必要なのが、そのことを端的に示してもいる。ゴダイゴの「ビューティフル・ネーム」ではないが「一人ずつ一つ」だ。人に個別の名前があるように一つの車に一つずつ、それはある。車庫証明で登録されたその一つ所に常に帰るだけなら、むしろ楽だろう。そうはいかぬのだ。

少し昔に、引っ越しをしたときの、先輩の言葉を思い出す。駅の南口から北口への引っ越しだった。

「だったら、楽だね」と先輩は言ったのだ。長距離の引っ越しではないから、さほど大変ではないね、と。

自分でもそんな気がしてしまい、ええまあ、とかなんとか返事をしたのだった。

だが、荷造りと荷ほどきの労は、間の距離に関係ない。絶対に同量だ。

送料など安くあがることもあるが、駅の南と北でも自治体が変わればもろもろの変更手続きも減らない。つまり、ぜんぜん「だったら、楽だね」ではない。低く見積もられたことについて怒るつもりこそないが、あのときにさかのぼってでも訂正したいと思った。むしろあなたも引っ越しをする際は心して、と教えてあげたい。

引っ越しの「道理」を、いっけんそれとは関係のない免許取得をきっかけに思い出したのは、荷造りや荷ほどきの労が「距離と無関係」にあるように、運転したら、行き先がどんなに遠くても近くてもその「距離と無関係」に必ず一度は駐車する必要があることに感じ入ったからだ。必ず、ある。

そんなことに大の大人は感じ入らないものらしい。赤信号で停車する。いつの間にか背後のスポーツカーはいなくなっていた。いつまでものろのろしているスポーツカーというものに、そういえば出くわしたことがない。追い抜いていくか、気づけばどこかで道を折れていなくなっている。向こうに駅のホームがみえる。ホームをくぐればもうあと十数分で目的地最寄りだ。カーナビの画面にそう記されている。ホーム下の鉄骨には「高井戸駅」と記されているが、先のトンネル表記のような力みはない。

低速で駅をくぐる、蛍光灯で照らされたホームはがらんとすいていた。

助手席に放ったスマートフォンが短い着信音を鳴らした。たぶん永嶺だろう。

免許を取得して一年がすぎた。ラシーンのフロントには、まだ初心者マークの跡がうっすら残っている。

中年になって大の男が免許をとったという話題（トピック）も、周囲に少しずつ浸透してきた。上から侮る者、真顔で注意を促す者、すごいと（自分にはできないことだと）称える者といた。永嶺のように親愛の感情を隠さず、奢ってくれた者も。

「私も（俺も）未だに駐車下手だよ」という先達も、これはとても多い。励ましの意図あってだろうが、謙遜ではないとも思う。特に都心に暮らす者はペーパードライバーばかりだから。

あまねく初心者が、年齢とも無関係にしみじみ感じるだろう。動かした車は、必ず停めなければならぬという道理を。

ギャグ漫画から青年誌に転向したとりいかずよしが敏腕カーセールスマンを描いた漫画では、主人公がスーパーマーケットの駐車場ではっていた。駐車の下手な主婦ドライバーの車に駆け寄っていって、代わってあげる（ついでに新車のチラシを配る）のだ。

一方で「半日くらい時間とって練習すれば、駐停車なんてすぐに飲み込めるでしょう」と呆れる者もいる（卓郎なんかがそうだ）。そうなんだろうけど、俺は運動神経も鈍いし、なかなか時間をとるのが億劫でね、ボヤきながら心中でバーカ、死ねと毒づく。駐車がうまく、誰でもすぐできるとつるんとした顔で言い放つのは、アフィリエイトとかＮＩＳＡとか加圧式トレーニングとか、効率的に生きることを口にするようなニヤニヤした連中ばかり（「完全な偏見だよ」永嶺は笑っていたが）。

赤信号のうちに着信したメールを急いでみて、スマートフォンを放ってまた発進する。永嶺ではなく水谷さんからだった。

「来月号の原稿、明日までにあと九行縮められませんか、すみません！」とある。先月、珍しく旅雑誌のカラーページを引き受けたら、取材先に同行した写真家が名のある人だった。写真のレイアウトがぎりぎりまでいじられ、テキストは従属物扱いになった。仕方ないが、けっと思う。「岡山まで運転、気をつけて」ともフキダシが追加されていた。水谷さんには、けっと思わない。

用賀駅にいけば駅前らしい景色が広がっていると思ったが、そもそも駅舎がどれか分からないうちに、「目的地に到着しました、案内を終了します」カーナビは案内を停止してしまった。

「いやいやいやいや、およしでないよ」徐行の速度で道端の建物に目をこらす。高井戸駅は駅舎だけでない、ホーム下にわざわざ「高井戸駅」と書いてあったものだが。

用賀駅前の細い商店街を通り抜け、左折、左折と繰り返すと高速道路の太い橋脚がみえる。首都高と東名高速を結ぶインターがすぐ傍にある。夜通し走って岡山まで行くのだ。ノリオの漫画がボツになったのは四ヶ月前のこと。三十過ぎてデビューできる漫画家は少ない。三十近くなって参戦する者が増えたから、なおさらだ。今はデビュー前から絵のうまい連中がゴロゴロしている。ネットゲーム時のスカイプではいつも通りの様子だったのだが、だんだんツイッターなどの「場」から消えつつあった。死にたいとLINEで言われた仲間もいる。励ましたら、ごめん頑張ると返信がきて、むしろ不安が増した。一瞬だけ前向きな言葉を放ち、直後に命を絶ってしまうという話をいくつも聞く。水谷さんにも「頼むね」と妙に真面目な顔で託されている。アドバイスの朱の入ったゲラのコピーと、おみやげはトランクだ。

左折左折で一周し、また前の道をのろのろ進む途中で運良く永嶺をみつけることができた。スーツ姿だったから、違う人だと最初は思った。助手席の窓を開けようとしてボタンを押し間違い、後部の窓を開けてしまう。

「永嶺」声をかける。大股で駆け寄ってきた。

「おお、よかった」トランクを開けるボタンを押し、目で合図をする。

「葬式か」

「結婚式だよ」トランクに鞄を放り、紙袋とともに助手席に乗り込んできた永嶺はそのままベルトをはずしてズボンを脱いだ。すね毛だらけの両足で、紙袋の中から別の楽そうなパンツを取り出して、穿き替える。途中、制服姿の警官が前から歩いてきたので通り過ぎていくまで動きを静止させた。

（だーるまさんが、転んだ。だーるまさんが……）警官が通りすぎると永嶺はすぐにネクタイを外し、ジャケットもたたまずに紙袋に押し込んで後部席に放った。革靴も脱いだようだ。

結局、その場にハザードを出しっぱなしであと二人を待つことにした。助手席でシートベルトを締めながら昼間の結婚式について酷評を述べる永嶺は、もうすでに一日ともに過ごしていたような慣れた態度だ。

俺も同じ顔と態度をしているのかもしれない。お互いが電車でやってきて駅前で会ったのだとしたら、もっとぎこちない気がする。

「神山と祥太は？」

「まだ」

岡山で塞ぎ込んでいるノリオの家をボードゲーム仲間で訪問し、慰労しようというところまではよかった。俺らだけ新幹線でなく車でいこうということに、なぜなったのだったか。維持費の高い車をわざわざ買ったからにはという単純な気持ちもあったし、十月の富山往復や、その少し後も東京―飛騨高山間を仕事で往復し、長距離移動に自信をつけたこともある。

だが永嶺は、草津温泉行きの俺の運転を横でみてからというもの、心配が持続している。なにかの機会に助手席に座ると常に「後ろきてる」とか「もっと前出て」など警告の言葉を発してくれるが、その抑揚は長年つるんだ飲み仲間としてつきあっているときとは違ったものだ。なんだか、保護者が見張ってるような声音になる。初心者マークが外れた今も間違いなく俺の運転は危なっかしい。クラクションを一度も鳴らされずに終わったドライブはほぼない（親戚のおばさんに注意を受けても致し方ないのだ）。

今回の岡山行きも、漫画がボツになった仲間を元気づけつつ飲み、かつ遊ぶという建前はあったものの、俺の強行軍を心配しわざわざスケジュールをあわせてくれた節がある。

祥太から永嶺に電話があり、話している途中でスマートフォンを耳にあてた祥太が窓をこんこんと叩いた。

「今回は俺も運転で役立てます」祥太は先月、免許を取得していた。

神山はさらに十分ほど遅れてやってきた。丸太ん棒のようなスポーツバッグと、まだ一つショルダーバッグを持って、フロントガラスごしにみえる小走りは颯爽とみえない。

「すみません、遅れました。仕事場の鍵かけなきゃいけなくて」トランクが開いているのを顎で示すと、神山はまた威厳のない小走りで背後に回った。ボードゲームの会では常に麻のジャケット姿で、革靴はいつも磨かれている。金縁眼鏡のエリートめいた感じもあいまって「懐中時計とか使いそう」とゲーム会に参加する女性陣には評価されているのか侮られているのか、よく分からない。

「神山さ、おまえな、一泊なんだぞ」

「はい」それがなにか、という表情。荷の大きさ多さを呆れられていると伝わらなかったみたいだ。

車を発進させると俺のスマートフォンが着信音を鳴らした。

「女か」

「そう、〝けむたい女〟な」小型トラックと並んですぐに高速入口に入る。

「ひどいな」助手席の永嶺の顔はオレンジ色の照明に照らされていた。初夏の東名は金太郎の足柄までだったが、今回はもう少し先まで俺の運転だ。約八時間の行程で、朝五時に岡山のスーパー銭湯につく予定。

「おまえがな」遅れて言い返した。少し前の取材の帰り、同じ状況になった。助手席が俺で永嶺が運転していた。携帯が振動したので女？　と尋ねたら片手で留守番電話モードに切り替えながらけむたい女と答えられた。そっくり同じに真似をしてみただけで、実際には「〝けむたい〟わけではないが、好きではなくなってしまった女」からだろう。言語にすると、やはりまあ、ひどい。ひどいから公にはいわない。ひどいから公にはいわないことは、たくさんある。琴美の癌が再発してから、俺は女友達と遊ばなくなった。俺が純潔を誓ってどうなるものでもないのだが。再手術後も琴美には須崎が献身的に寄り添っており、たまに会うとき俺は二人きりに生じる無言の時間を和ませる役目だ。

男四人乗ったせいか加速が悪い。進むほどに、普段の高速と雰囲気の違いを実感する。周りが大型のトラックだらけだ。

「車って、昆虫みたいだな」

「形がですか」祥太がいい

「いや、それもあるんだけど、なんかこう……」さっき環八でスポーツカーをみたときにも思った。銀無垢のタンク車もそうだが、ある種類の車はほぼ、あるところでしかみかけない。田舎の道をいけば軽トラばかり。そして深夜の東名高速はタイヤが十個くらいはあるトレーラーが我が物顔だ。

「『分布』してる感じが」的確な言葉が浮かび、俺はハンドルに載せた指をわきわきと動かした。

三車線の手前も、後方もほぼすべて大型トラックになり、シャッフル再生でかけた一曲目が聖飢魔II「敗れざる者たち」だったので武者震いのようなものがわき上がる。地獄ドライブか。またしても「地獄さ行ぐんだで」か。一年運転するうち、ドライブ用にいちいちプレイリストを作るのが面倒になった。パソコン上で十回以上再生してる曲は漏れなくかかるよう、ｉｐｏｄを設定してある。

「なんですか、この曲」祥太が面食らっているが無視だ。

「Ｘの曲も入ってるよ、トシ洗脳とけておめでとう記念で、買っちゃった」琴美が前にＣＤ－Ｒに（断りなく）焼いて（無理矢理）聴かせてくれたのが、Ｘ　ＪＡＰＡＮのトシの元嫁で、自己啓発セミナーに入会させた女の歌唱によるもので、それから二人のメールやり取りにおいて火がついた。

運転に慣れてくるというのは、単にハンドルさばきに慣れるということだけではない。音楽を聴くのに飽きたのではなく、自室にいるのと同じで、なんでもノレるようになったのだし、車内での自意識が薄れたのでもある。永嶺が夏にかけた「サマーチューン」の自由さが、俺のたがを外したのだともいえる。

風になぶられ　なお燃えさかる　最後まで
例え死んでも　想いは残る

誰も知らない曲だから、胸を熱くしながら口ずさむのは俺一人。

「男四人旅か」やかましい曲調にげんなりしたか、永嶺はしみじみと呟いた。

「今さら！」草津行きの際は男だけの旅は楽だ、楽だと繰り返していたくせに。いいから、このギターソロを聴け、と我ながらうっとうしいことを思う。

「アグレッシブな曲ですね」神山はどこまでも優しい男だ。ボードゲームの対戦を終えても、勝ち誇ったり悔しがることなく、一人でおだやかに感想戦を始め、いつも相手のプレイを讃えてくれる。だが、あまり流暢なものだから、お世辞のようにも聞こえる。読めない男だ。

佐川の飛脚を二台まとめて追い抜くと手前は西濃運輸、その前方はクロネコ、そしてまた佐川の飛脚……。まさにニッポンの物流のただ中に俺たちはいる。

「お茶どうぞ」

「ん……」後ろから助手席の永嶺経由で手渡されたお茶が水筒のカップに入っていて驚いた。神山は自宅でほうじ茶を淹れてきてくれたのだ。

「おまえ、あれか、草食系か、弁当男子か」

「古いですよ、それ」神山の代わりに祥太がツッコミを入れる。

シャッフル再生はたまに数千曲の中から奇跡をみせるときがある。何曲目か、エンジンのイグニッションキーを回す効果音に続いて哀感のこもったギターイントロ。

「『トラック野郎』だ！」イントロドン、若い祥太が曲名を当てると思わなかった。

　　男の旅は一人旅　女の道は帰り道

「男の旅は四人旅」と永嶺は口ずさんだ。神山だけ曲を知らないようで、成り行きを見守るような表情がミラー越しに一瞬みえた。

しょせん通わぬ　道だけど
惚れたはれたが　交差点
アアァー　アアアァァー

もちろん合唱になったが、続くサビを二人は「一番星咲く頃」と歌い間違えた。実際には「一番星出る頃は」だ。それで二番になると俺以外は黙った。アニメの歌がかかってつかの間盛り上がっても、そうなる。皆、途中から知らない事柄でも「知っている」と把握して生きている。

「『トラック野郎』面白いですよね」祥太がいった。そういえば映画をみまくっているといつか言ってた。『あの頃ペニー・レインと』もあの後すぐにみていたもの。

「もう俺、近所のツタヤはいけなくて、自転車で三十分のところで借りてます」

「なんだ、それ、どういうこと？」曰く、レンタルのツタヤは延滞しても、深夜の返却ポストに入れてしまえば再び借りるまでは延滞料金を払わなくてよい。それで、借りられるだけ借りて延滞して、ポストに入れたツタヤにはもう行かない、と。

「それで、徐々に遠くのツタヤへと放浪してんのか」

「若者だなあ」バイタリティがないと選ばないやり方だ。

「いや、遠くの方が『トラック野郎』も揃ってたんで、よかったです」

たしかに今の若者がみても、あれはきっと面白いだろう。『トラック野郎』のよいところは、彼らが移動するだけで主人公達の労働を描くことにもなっているところだ。いい加減でコミカルな人物がドタバタする映画だが、主人公たちは浮世離れした荒唐無稽な存在のようでいて、実はきちんと働いて稼ぎを得て社会に参加する、地に足の着いた人間として描くことができている。

「とても、よい曲ですね」神山がいった。また、お世辞に聞こえ調子が狂う。誰にも人当たりよくて親切だが、「私、神山さんはものすごいサドだと思う」とゲーム会の女性参加者の一人は（勝手に）洞察していた。ボードゲーム会の女性達の間で、祥太はというと総じて軽くみられている。俺や、たまに混じる永嶺は年長だから評価軸がまた違うみたいだ。

「神山が褒めない曲ないかな」永嶺がせっせとCD帳をめくりはじめた。

視界に入るどのトラックも、映画でみたような派手なデコトラではない。だがその一台一台に、汗ばんだ顔の菅原文太と愛川欽也がハンドルを握っていると想像できる。カーエアコンなど装備は進化したろうが、労働環境や仁義など、大して変わっていないのではないか。背後に四角い大きな箱を取り付けているだけで、働いていることになる。行為は大変だが、みられ方は楽だ。いつまでも隣家の主婦にうろんな目でみられるフリーライターにも、一目みれば仕事をしていると分かるなにかがないものか。

遅いもの、追い抜いていこうとするもの、車線をゆくトラックの動きは個々にバラバラで、常に組み替わるように動き続ける。それぞれの体積が大きいから、間に挟まれると巨大パズルをさせられている気分になった。

「怖えなあ」と永嶺が呟いたので、怖がってよい状況なのだと思う。大きな車輪と威圧感の壁に取り囲まれたままトンネルに入った。

後方からやってきたバイクが、カブトムシの狭間で汲々としたカナブンみたいな俺のラシーンを猛烈な勢いで追い越していった。バイクのなめらかなヘルメットとバイクの曲面にトンネルのライトが光沢を与え、その光沢が動いていき、すぐにすべてが遠ざかる。ヘルメットから長髪がみえたので、おい、美人かもよと永嶺に告げようとしたとき

「あっ」神山が声をあげた。なんだ、誰か死んだかと永嶺が振り向かずに問い、しばらく三人で返事を待った。声をかけてもずっと画面をみつめているので重要なメールかなにかだろうと思い、やがて三人ともそのことを忘れた。

「さっき、トンネルで無謀に追い抜いてったバイク、長髪だったな」

「女だな」

「マジすか」

俺は今度は左前方に、荷台をつけないトラックの「前だけ」で走っているのをみつけ、前だけで走るトラックってなんかエロいよな、小エロだよねえと永嶺に話しかけようとしたとき

「あの、僕、帰っていいですか」神山が明瞭に告げた。

「なんだって」

「彼女から、メールがきて」神山が説明がわりに差し出したスマートフォンを永嶺が覗き込んだ。

「えーとなになに、『ごめん、もう会えません』……」

「……」

「今、メールを受信して、好きな人ができた、と」黙っていた間ずっと、神山は文面を何度も繰り返し読んでいたのか。

「最近、会ってもよそよそしかったり、会えないっていわれることが増えて、で、喧嘩になったりしてて、きっと、一泊旅行にいくこのタイミングで打ち明けてきたんだと思います」

「この先しばらく道なりです」女がいった。

「うるせえぞ、ゴリラ」永嶺が一喝したことでカーナビが黙ったわけではないだろうが、車内はしんとなり、左右のトラックそれぞれのエンジン音が強く響いた。ゴリラじゃないんだが、ストラーダなんだが、と俺は追い越し車線に入るべく右に注意を向けつつウィンカーを出す。

「ハハハハハハハハハハハハハハハハ」しばらく黙った神山が、今度は笑い出した。おいおい、と思った。ラシーンの外はトラックのパズル地獄。中も中で不穏なことになってきた。悪魔の歌でドライブを始めたから？

「大丈夫か」祥太が神山を揺すっているらしい。

「お茶飲むか、お茶」もともと神山の持ち物である水筒を永嶺が後部席の祥太に放るように手渡した。

「ハハハハハハア……ハア……」笑ってすまそうとして、泣きに移行しているところか。

なんと盛大な失恋だろう。ツタヤの逸話とはまるで違うが、これもまた若いなあという感想になる。若いと、ちゃんと失恋できる。失恋して、傷つくことができる。俺はハンドルを握り直した。

行く先の岡山では、死にたいとLINEを送って寄越すノリオが待ち構え、至近にはフラれた瘴気（しょうき）を漂わせる者が。俺はもう一回あれを、と永嶺に指示した。再びトラックの始動音が鳴り、ダウン・タウン・ブギウギ・バンドの前奏がぶち破る。

男の旅は一人旅　女の道は帰り道

菅原文太がゆったりと歌いだしても、もう誰も合唱しない。わずかに神山の嗚咽が響くのみ。いつか十二指腸のような峠道で不意にすとんとなくなったように、今、俺はまた恐怖を失った。追い越し車線でアクセルを強く踏む。

「東名？　新東名？　どっちにする」前を向いたまま三人に尋ねる。
「どう違うんですか」祥太は名古屋に帰省するのは常に新幹線で、車で関東より西に向かうのは初めてだという。

惚れたはれたが　交差点

文太は歌う。惚れたは分かるが、はれたってなんだと理屈を思わないでもない。だが、もしかして文字通りだ。惚れたら、腫れることになっているのか。神山が鼻水をすすりあげた。本物のトラック（野郎）達を抜き去りながら、中古のラシーンはよろよろと西に進み続ける。

ああ　一番星消えるたび
俺の心が　寒くなる

伊勢神宮行の際、須崎はたしか旧東名を選んだ。今度は新東名に進むと外灯がほとんどなくなった。アスファルトはたしかに新しい。トンネルも、ぴかぴかのランドセルみたいな気配がある。これまでの圧迫感が減じて走りやすいのは道幅がたっぷりとられているからか。

「さすがは〝新〟だな」

「ああ、〝新〟だ」永嶺と二人、吉田戦車の昔の四コマみたいなやり取りを交わす。

後部席からは泣き声の気配が消えた。かわりに、うぅっとかアァっとかなんでだよ、ととがった声音が続くのは、彼女に電話をかけ続け、つながらないでいるのだろう。

嫌だなあと首をすくめていると、長いトンネルの壁にものすごく大きな非常口表示をみつける。

「なんだ、あれは」緑色の、おなじみの exit のマーク。ここに逃げ込めと前傾姿勢で走る男の表示、それ自体が扉のような大きさだ。

「あれ、実際にはものすごい平べったいんですよね」祥太がうんちくをいった。なるほど、アスファルトに記された「止まれ」の文字が妙に縦長だ、と子供のとき不思議だった。あれはチョークを手にしゃがみ込む幼児のために描かれたのではない、車の高さからみる者のための長さだ。あちこちの標識にしろ白線にせよ、この世界はあらかじめ「意味」だらけだった。知らなければ知らないまま生きていけることがある。知らないことを知るのは便利なことのようだけど、大変なことだ。もう知らない状態には戻れない。

二つ目のトンネルにさしかかり、俺は祥太に写真撮影を頼んだ。琴美に画像を送りたい。

「了解です」相変わらずどの車線も大型トラックばかりで威圧感はあったが、道幅が広くなっていることで気が楽になっていた。

また遠くの右手に巨大な、前傾姿勢で逃げる緑色の男が現れる。アスファルト上の「止まれ」の表記が縦に長いということは、壁に描かれた巨大な看板は、横にうんと長いってことだ。いつかトンネルを歩いて、間延びした彼に遭遇してみたい。

「僕、帰ります」電話が通じないことでしばらくうなだれて気配を消していた神山が不意につぶやいた。いつもの慇懃丁寧な口調だった。

「引き返してください」

「無茶いうなよ」

「僕、帰らないと」急に口調に強い意志が宿った気がした。と、そのとき

「ロックしろ!」永嶺が俺に叫んだ。すぐには事態を飲みこめない。神山が後部座席の開閉レバーに手をかけ、祥太が肩をつかんでいるのらしい。

「神山さん、やめてください!」

「戻らないと、僕、今すぐ帰らないと」運転席から全座席をロックできることを思い出すが、操作したことがなかった。追い越し車線にハンドルを切りそうになり、あわてる。車体もふらついた。祥太が神山の腕を持ち上げて、なんとか押しとどめているようだ。出るんだ、降ろしてくれ!

神山は本当に後部右扉を開け、叫び続けた。永嶺もシートベルトを外し、俺の肩に手をのせて後部に身を乗り出した。

「戸倉は前!」叫び声に慌ててハンドルをしっかりと握る。離してください、離せ、この野郎!　まだ後部ドアが閉まっていないことはインパネの赤いランプで確認できた。こうこうと輝く巨大な非常口があっという間に過ぎ去っていく。ただ大きさを面白がっていただけの扉が、開けたらそのまま黄泉の国にでもつながっているかのようにも思えてくる……。

「そんなこんなでサービスエリア、というわけか」永嶺がトレイを水平に持って近づいてくる。

「なに、そのナレーションみたいなボヤきは」ズルズルすっていたうどんから俺は顔をあげる。車内で神山を押さえつけて、身体的に「疲れた」のは実際にはほぼ祥太なのだが、永嶺が主に取り押さえたかのようにやつれ顔が張り付いている。永嶺の奥の柱に、いつか祥太が卓郎と二人で盛り上がっていたアイドルのポスターが貼ってあったが、話題にする気にもならない。

俺の顔にも疲れが張り付いている、ような気がする。深夜一時のサービスエリアは静かで明るかった。みやげもの屋の棚にはシートがかぶせられている。駐車場には大型トラックがたくさん横並びなのに、その台数と同じだけの人数がこの建物内にいると到底思えない。

皆、車の中で休んでいるのか。巨大なアルミ色の箱を後ろにくっつけたその先端の、さして広くもなさそうなシートに納まってつかのま横たわる、陽に焼けた屈強な肉体、肉体、肉体を想像する。

「神山って、あんな奴だっけ」永嶺は俺の向かいでなく右隣に着席し、俺もうどんにするんだったかと呟きつつ箸を割る。カウンターに置いてあった七味を永嶺はトレイに載せて持ってきてしまっている。

「さあね」七味を貸してもらって振りかけた。普段の神山の慇懃さの方が嘘くさかった気もする。神山はまだ車内で、祥太が付き添って慰めている。

女みたいだ。メソメソ泣いている神山がではなく、誰かが泣き、誰かが付き添って慰め、誰かが呆れて嘆息しているということの全体が。無料のお茶の入ったプラスチックの茶碗を永嶺は渋い役者みたいな表情で手にもっている。

来ないかもと思っていたが、祥太とともに神山が、車内で腕を強く引っ張られた、その形を保ったまま現れた。

腰掛けた神山のため、祥太がまずいコーヒーを買いに走った。泣かせた原因の男みたいに。

聞いても詮無いことと思いつつ、いきさつを尋ねる。言語にする行為によって落ち着くときもあるだろう。

「僕がいけなかったんです」彼女が寂しがっているというサインを、分かっていたのにみないふりをしてしまった。二年付き合って、油断していた。浮気はしなかったが、なんとなく伝わっていただろう、俺、ずっとこの人と生きていくのかなあ、と思っていることが。

「……そんなの、彼女からすれば傷つきますよね」神山は品のいいガーゼのハンカチを指で弄びながらうなだれていて、俺はそれをポケットにしまえ、ハンカチをすぐにしまえと念じる。深夜のサービスエリアでめそめそした男をさらに中年の男二人が囲む、その一連の絵面が、今とても怪しい。無料のお茶を手にしたおじさん二人が、やはり不思議そうな一瞥をくれながら通り過ぎていった。永嶺はまるで気にせず腕組みで、よく通る声で相槌をうっている。

こういうとき、つまり誰か仲間が失恋したなんてとき、誰もが「肯定」するものと思っていた。だが永嶺は「うん、それはいけなかったな」とか「『この人と』っていうのは『この程度のランクの人と』って意味だよな」などとグサグサ刺すような相槌ばかりうつ。ついさっき、時速百キロで走行中の車の後部座席から降りようとした奴だぞ、と俺はハラハラした。

一方で俺も俺で、付き合っている途中でフラれた男の、最初は反省、やり直しを願い出て拒否され、ややあって相手に猛烈に怒りだすという定番のプロセスを知っており、だから今の神山のしおらしさを額面通りには受け止めない。祥太は一つだけ買ってきたコーヒーの紙コップを神山の前に置いた。一口、二口飲んで落ち着きを取り戻したようにみえる神山を、永嶺は立ち上がらせた。

「コーヒーなんかいいから、飯喰え、こういうときはな、腹減ってるのが一番よくない、食って、そして寝ろ、な、な」とたきつけて券売機へと肩を押していく。神山は、もうすでに溢れそうな汁碗を載せたトレイを水平に持っているような、ゆっくりした足取りだった。

あらゆる悩みに対して「お腹すいてるんでしょう」はもっとも真実性があり、かつワーストに近いほどに「よくない」回答だと思うのだが、うながされた神山は従順に、券売機のボタンに指を泳がせている。俺は卓上に残された、まぶしいくらいに白いハンカチをさっと手に取った。自分のポケットにねじこもうとして、怪訝な顔の祥太と目があう。

「あとで返しといて」手渡した。

永嶺がラシーンの運転席に納まるとまずガチリ、と無情な気配の音が車内に響いた。全ドアをロックしたのだ。後部座席でもう少し休んでいけと勧めるのを神山は断り、助手席に座った。

「最初に定めた『ローテーション』の通りにしましょう」まだ涙声だが、どうぞ運転で疲れた体を休めてくださいという、いつもの気遣いも取り戻している。

「それじゃあ、エビバデ、いくぜ！」本線に合流するとすぐに永嶺は手持ちのＣＤ集ではなくラジオをかけろと神山に指示し、ジャズのかかっているチャンネルで「そこ」といった。

後部の助手席側にいたので、神山がこれいいですねと呼びかけているのが俺に対してだと、しばらく思わずにいた。

「いい？」永嶺が侮蔑的な声をあげる。背後からみる永嶺も神山もほぼ、真っ黒なシルエットだ。

「グレイスメイト、ポピーっていうんですか、へえ」

「いい香りだと思うのか」永嶺の呆れ気味の問いにも神山は頷いたようだ。

「形も色もかわいいじゃないですか、なんか、ファブリーズみたいなのは、ロゴもおしゃれじゃないし。うん、これはステキですよ」

そんなふうに初めて褒められてみて、まるで嬉しくないことに驚いた。そんな「価値観」もあるのか。祥太がなにか意見をいうかと横をみやれば、窓にもたれて眠っている。外灯のオレンジに定期的に照らされていて、いつもの軽薄さや如才なさが抜け落ちた、あどけない寝顔だ。

相変わらず車線を行く多くはトラックだった。助手席の神山にミントタブレットのケースを預け、俺も目を閉じる。

ジャズの番組が終わり、次の番組の司会がおだやかな声音で喋りだした。

「……それでは今夜のオープニングナンバーはＴＯＫＩＯの皆さんで『フラれて元気』！」途端にダイアルが乱暴にいじられたかノイズが響き、しばらくして謡曲になった。

岡山にノリオを励ましにいく旅だったのが、ここにきて励ますべき人数が増えた。ミイラ取りがミイラになるじゃないけど、大丈夫だろうな。目を閉じてみると、さっき祥太の顔にあたったオレンジの明かりの、照らされる、照らされないの速いテンポが自分の瞼にも意識させられ、眠れない気がした。

永嶺だって、子供がいるかもしれない問題をどうしたか、その後尋ねていない。そういったことにこちらからは踏み込まない「距離感」の付き合いではあった。草津行きのあと永嶺は丸受けした大学のパンフレット作成の仕事が忙しく、俺も漫画賞の選考委員を引き受けてから、以前よりも会う機会が減っていた。三十代とは異なる忙しさをお互いが感じ始めている。

まあ、永嶺の場合どんな人生になっても、取り乱して車から飛び降りるようなことはしないだろう。

祥太は屈託がなさそうだが、夏には、就職試験でいいところまでいって落ちたとボヤいていた。就活で鬱になって自殺してしまう若者もいるという。悩みをみせないいま急に退場されるより、神山のようにむき出しにしてくれる方が健全なのかもしれない。

須崎と琴美はどうしているだろう。再発といっても即入院ではなかった。琴美はツイッターやインスタグラムといったＳＮＳをどんどん活用し始めた。言葉数は少ないが、しばしば更新される正方形の画像を眺める限り、甘いもん食ったり服買ったり、なんてことのない暮らしぶりがうかがえる。こちらから、コメントをつけることはない。「いいね！」と親指をたてたボタンはなるべくクリックすることにしている。押した方が少しでも喜びを与えるのだろうが、ささやかすぎる。俺はまだ、自分の気持ちが分からないのだ。あらかじめそばにいる須崎に成り代わりたいというほど強い気持ちではない。ただ気になっているだけだ。

少し前、電車を待っていたらホームと電車の間に人が落ちた。場にいた数人がいっせいに駆け寄った。線路まで落ちたわけではない、腕がホームと電車にひっかかり、すぐに引っ張り出されたが、その後もずっと若い女もおじさんもおばさんも、大丈夫ですか大丈夫ですかと尋ね続けた。助けられた男は感謝というより、ひたすらバツが悪そうだった。

「困った人」や「病人」に対し、人は決して「優越感を得たい」わけではないと思う。ただただ、無垢になる。反射的にホームの端に駆け寄って、必要ないほどの人数で取り囲むのは、善良なのでもないかわり、愚かでもない、ただ無垢に身体が動くのだ。

琴美に対する俺の気持ちも「恋愛」ではないのではないか。反射的に、無垢に心配だけをしているのではないか。そんなわけあるか。不機嫌な反駁も浮かぶが、そっちはなにも言語化が深まらない。

どれくらいたったのか、眠りをクラクションで妨げられる。乗用車のそれとは明らかに異なる、甲高くない、汽笛のような重たく不穏な音だ。

「なんだなんだ」長いトンネルの中だった。

助手席の端から神山も顔を覗かせた、背後に三台みえるトレーラーのどれかからだ。

「なんなんだよ」永嶺は舌打ち気味に速度をあげたが、特に煽ってくるでもなく、野太いクラクションはたっぷり二十秒くらい鳴り響いて、止んだ。車全体が音に包まれている感じだった。

胸に生じた切迫感が消えないままトンネルを抜ける。

「なんだったんですかね」祥太が寝癖のついた頭を窓際から持ち上げた。

「怖えな、おい」

おそらく居眠り運転だろうと言い合ったが釈然としない。ラジオ深夜便がゆったりした——それこそ眠くなりそうな——クラシックを流し始めたので永嶺はラジオを止めさせた。

失恋の歌でなければいいんだろう？　俺は助手席にｉＰｏｄを手渡して「ボヘミアン・ラプソディ」をかけさせた。これも悲劇の曲ではあるが、映画『ウェインズ・ワールド』の男達が車内でやっていた真似で、無理矢理合唱するのだ。

「知らないですよ」

「いいんだよ、ギターソロで首ふってれば！」それから車内はつかのま陽気になり、我々は普段以上に無邪気になった。カーナビ画面に記載された「伊賀」と「甲賀」がすごく近いことに驚いたり、四日市の工業地帯を巨大な橋から眺めたりして後、次のサービスエリアにたどり着いた。車内で寝た者も寝なかった者も、ここでさらに一時間休憩をとることになっていた。祥太と神山は食堂に行き、俺はコーヒーを飲んでから車に戻った。

永嶺はアイマスクをして運転席のシートを倒し仰向けになっていた。「蒸気でホットアイマスク」の紙パッケージが助手席に置かれている。

「……それ、いつか萩尾望都さんにインタビューしたとき、オススメしてくれたやつだ、どう、それいい？」

「そうなんだ。これ、いいの？」

「俺が訊いてるんだよ」

「……まだ、いいかどうか分からない」そうか、眠ろうとしていたところ、声をかけてしまった。俺も助手席を倒し、スマートフォンで琴美の画像をみていた。もう二日、更新がない。

「……『ウェインズ・ワールド』は、さすがに祥太にも分からないだろうよ」永嶺は眠れないようだ。

「ちょっと寝れば」

「寝るけどさ」

「『オースティン・パワーズ』だって下手すりゃ、あいつら知らないよ」

「かもね」

「映画にさ、ロードムービーって、あるじゃん」

「うん」

「あれ、俺、割と好きなんだけどさ」

「うん」

「好きだったんだけどさ」言い直したな。

「あれ、全部、ウソな」永嶺は顔を動かしてこちらを――上半分アイマスクに覆われているのだが――みた。

「嘘？」

「ロードムービーの中の人ってさ……」

「あんなに移動しているのに、ぜんっぜん、疲れないのな」

「うん」

「うん」

「嘘だって今、思ったよ」まったくだ！　永嶺は一番長い距離の運転を一番しんどい時間帯に引き受けてくれたから、実感もひとしおだろう。

しかし、例えばネブラスカからモンタナまで、ロサンゼルスからヒューストンまで長距離移動したあとのドライブインの駐車場で、そのつど主人公がシートを倒してただ寝ていたら映画が二時間に納まらなくなる。『トラック野郎』では主人公がトラック内で寝起きする場面があったが。

俺も、この計画をたてたときにはしんどさが分からなかった。売れなくなってインディーズに出戻ったバンドマンの友達が、それでもハイエースで東京から九州までツアーをしている。

「インスタグラムに地方のラーメンやらライブハウスの画像が載っていて、それみていたらなんだか『できる』気がしちゃったんだよ」

「いや、俺もできると思ってた。だって、ロードムービーの中の人たちができてるから……」

「子供のことはどうなったの」なぜ俺は、不意に尋ねようと思ったのだろう。若い二人が不在で永嶺が今、目を覆っているからだろうか。

「俺の子っぽいよ」

「そうか」おくやみみたいな声音を出すのも変だ。おめでた、でもないか。ええと、この場合、永嶺が喜んでいたら同調し、がっかりしていたらやや励まし、著しくがっかりしていたら人道を説く、か？　混乱する。

「まあ、うん、あれだ……」二の句を探しているので待ってみたが、永嶺は寝てしまった。

それから夜明けまで祥太の運転で飛ばした。ダッシュボードから取り出した初心者マークを付け直しつつ、祥太の運転は俺なんかより安定している。かつての富山行きの後半同様、車内の会話は減っていったが、夜明けの岡山県に入ったときには、達成を喜ぶ声や叫びを口々に漏らした。俺はバンバンバザールの「走れ！　ハイエース」を、楽曲をかけずにソラで口ずさんだ。

暗い夜の闇を　照らせヘッドライト
僕らの夢と希望のせて　走れ　ハイエース

初めて入るスーパー銭湯とやらの休憩所で、入浴前に仮眠をとるつもりでいたら、広大な和室にテーブルだけあって座布団が一枚もない。おののき、遅れて納得する。座布団があると、それを頭や体に敷いて仮眠をとり、宿代わりに長居する者が続出したのだろう。「先回り」されている感覚にうたれ、かつガッカリしていると、神山が低反発の旅行用枕と大きなバスタオルを差し出してくれた。

「僕はさっき車でも寝ましたし、運転してないから疲れてません。先にお風呂いただいてきます」

「ありがとう」てっきりボードゲームばかりつめこんでいると思ったら、大きな荷物にはこんなものを入れていたのか。見送りつつ、感謝し、かつ呆れていると、コーラのペットボトルを片手に永嶺が近づいてきて
「なあ、おまえ『神山巨根説』って、知ってるか」とささやいた。

「知らないよ、なんだそれ」サディスト説でとどまらなかったのか。皆、どれだけ

った。

「物腰の丁寧な人間」に対して距離を感じているんだか。ボードゲーム会に集う男女の顔を一人一人浮かべ、天を仰ぐ。そのまま神山の枕に頭をのせ、バスタオルをかぶった。

「俺ちょっと、(巨根かどうか)みてくるな」いそいそという足取りで、まあとにかく永嶺もさっきのサービスエリアで寝ていたときよりは元気を取り戻したと思うことにする。おじいさんが遠くの卓の前に座り、新聞をめくる音を響かせた。つけっぱなしの壁際のテレビをみている者もいる。ロビーは暗いが歩き回っている人も多く、つまり、早朝の割に繁盛しているようだ。

ウトウトしていたら、プチンプチンと、これは爪を切る音。さっきのおじいさんが新聞を読み終えて、そのまま自宅でするみたいに切りだしたな……。

誰か近づいてくる気配に薄目を開けてみると、シャツを着替えてさっぱりした祥太が、やはりペットボトルのなにかを手に持ってやってきた。

ファスナーを開け、タオルなんかをしまっているのか、てきぱきした気配で再びファスナーの音をさせた。その音さえどこか若々しく響いて、少し眠気がとれた。

「風呂、よかったか」

「いい湯でした……永嶺さん、さっき、すれ違いざま、神山は絶対に巨根だって息巻いてましたよ」

「あいつってさ、講座のメンバーと呑む時は、そういう下ネタとか猥談とかすんの？」

さっき囁かれたとき、笑って呆れると同時に、少し意外だったのだ。男が集まればいつも猥談をしていると思っている女性がいる。実際はかなりデリケートで、体育会系の集いでない限り、ほぼそうならない。『人のセックスを笑うな』という題名の小説があるが、笑う以前に俺はだいたい、他の人のセックスを知らない。女にも過去のセックス歴を尋ねたことがない。俺は寝たまま手を伸ばし祥太からペットボトルの飲料を一口もらった。

「あんまい」口をついて出る。ノリオは童貞だろうかとか、素朴に考えることはあるが、あけすけに話したり問うたりしない。性のことはただただ、めいめいの現場で個人ごとに探求していく（あるいは探求しない）。感動や驚きはずっと胸に溜めている。女だって昔の『セックス・アンド・ザ・シティ』みたいにあけすけに喋り合ってばかりではないのだろうが、男の方がきっとずっと、なんというか、「弱い」から。比較されたり、比較されることを想像するのさえうっすら怖い。

男の方がたぶん、生命体としての生きていく力が弱いんだ。あらゆる局面でそう言い訳すると必ず怒られるけども。

起きようか、寝直すか迷いながら、仰向けになって天井をみる。

「『あいつは巨根』とかって、下ネタの中でも、小学生並みですよね」言われてるな、弟子筋に。

「そういえば、戸倉さんってそういう話しませんね」

「うん」

「戸倉さんって、どういう女性が好みなんですか」

「有能な女」俺は即答した。

「馬鹿はダメってことですか」まあ、そうかな。否定しなかったが、有能の反対語は無能だ、馬鹿ではない。有能とは生き抜く力だ。馬鹿さも正しいときに発揮していれば有能だ。媚びとかブリッコも、舌を巻くほど的確に発揮する女にしびれる。苦手な女、嫌いな女ならいくらも具体的にいえる（ツイッターに「冷房強すぎ」とすぐ書く女、とか、麻雀ができるかどうか尋ねてるのに「ドンジャラなら出来る」と答える女、とか）のだが、有能さは生きている現場現場で百八十度、とるべき態度が変わるから。

「嫌いな女のタイプは？」
「嫌いっていうか、耳の遠い女はダメだな」差し当たって思いついたのをあげる。
「なんですか、それ！　おばあちゃんじゃないですか」いや、耳の遠い女は若くても
いて、これはもう、口説けない。ルックスがないこっちは冗談や「言葉」で勝負する
しかないというのに、「ん？」といちいち問い直されたら。同じ冗談を二度いわされ
る苦痛といったら。
　よほど口説かれたくなくてそういう態度を取られてるのかもと考えたが、あるとき
向こうから「告白」されたから、つまり本当にいるのだ。
「はあ、奥深いですね」
「深くないよ」
「今、好きな人はいますか」俺は黙り、首だけ動かしてテレビに目をやった。岡山の
今日は晴れとキャスターが告げていた。
「教えない」
「えー、じゃあ、巨乳と貧乳はどっちが好きですか」追及されないどころか、くだら
ない質問になったので俺は笑った。

「あのな、祥太くんよ」半身を起こした。

「女の胸はな、大きいか小さいかじゃない。もちろん、大きくても小さくてもいいわけでもない」

「じゃあ、なんなんですか」

「『みせてくれるかどうか』だ!」

名言! 祥太は叫んだ。

「名言じゃないよ、バカ」俺は立ち上がり、立ちくらみを保持したまま風呂に向かった。自分で自分にくだらないと笑いながら。

ふやけて戻ってきたら畳の端に男三人寝そべったりあぐらをかいたりしている。俺も定番のコーヒー牛乳はやめて、仲良しの証みたいにペットボトルを手に持って輪に混ざった。永嶺と祥太はスマートフォンをみつめ、神山は角度のつけられる鏡を卓に置き、櫛をつかっていた(巨根でサディストで失恋ほやほやで身だしなみを整える男、か)。

「僕、あの女のことは諦めました」鏡の中を凝視しながらいう。

ほんとーう? 三人間違いなく、同じ言葉を心中で思った。走行中の車のドアを開けようとしたことも含め、どうも彼は言動が極端になるきらいがある。

「本当は、僕が相手にガッカリしてたんです」鏡に向かって喋っていると役者が楽屋でインタビューを受けているみたいだ。

「男も女も、ほどよい距離でいた方がいいんです」どこまで本意か分からないが、悟った言葉をいいだした。岡山の、スーパー銭湯で。

「職場の先輩たちの様子をみても、恋愛して結婚してずっと幸せな人ってほぼいないですもんね。子供がいるから別れられない、みたいにボヤく人ばかりだし……」つい永嶺の顔をみたが、煙草の箱を手に、喫煙所にいくか迷っているだけのようだ。

「最初に会ったときのときめきが、持続するわけないですしね。あの女の最近の態度みて、なんだ、こんな女かって僕、うっすら思ってましたもん……」

ああ、やはりまだ、神山は傷ついているのだ。俺は、仲間達のように、神山の異様な折り目正しさを得体のしれないものと思ったことがない。サドとか、そういった「本性」が隠されていると疑ったこともなかった。ただ目の前でとる態度を面白く受け止めてきただけだ。誰に対しても。今も彼は、失恋のショックでつかの間、露悪的に、自虐的になっているだけだ、そう分かっていた。

ていた。

　だが、俺は神山の手前の鏡を取り上げた。顔をあげたその額をぱしんと垂直に叩いた。

「そんなこというなよ」ぶたれたのは神山だけなのに、祥太も永嶺も同じ表情で驚いた。

「万華鏡を分解して、中身にガッカリした、みたいなことをいうな」神山はうなだれた。

「万華鏡はただ喜んで回すんだ、それでみえていたことだけが本当のことだよ」

　卓に水滴がこぼれた。祥太が――今がその時だと判断したように――ハンカチをそっと返した。

「……はい、すみませんでした」めそめそとハンカチをつかい始めた神山を三人で見守った。湯上がりの男連中が、奇異なものを見る目で一瞥をくれていったが、今度は少しも気にならなかった。

「戸倉、おまえ今『いいこといった』みたいなこといったな」永嶺が煙草を持って立ち上がる。

「みたいなことじゃなくて、いいこといったんだよ」よし、そろそろ行こうぜ、俺もトイレに立ち上がった。若い二人を見下ろして俺は、中年なりに精一杯の快活さを発揮して宣言した。もう一人、傷ついているノリオは今や至近だ。

「行こう、友達を励ましに！」

子供の頃の遠足でも、取材の海外旅行の飛行機も、どんな往復も帰りは短く感じる。物理的な距離に差はないはずなのにだ。短いというか、復路は「ない」ようだ。思弁がなくなるというか。アニメの主題歌もオープニング曲は元気でエンディングはしんみり、というように、単に「終わり」は「始まり」より寂しくて静かというだけのことだろうか。

岡山の街には普段は大阪、九州在住で、なかなか会えないボードゲーム仲間も新幹線でやってきて合流した。

「東京から本当に車できたんですね」男性陣には大変さを、「男四人でずっと乗ってきたの？」女性陣にはむさ苦しさを呆れられた。ノリオの暮らすただのマンションの扉の前で記念写真を撮った。神山も大勢にさんざん励まされた。

俺は水谷さんから預かってきたゲラの包みをノリオに恭しく手渡した。一枚目に大書されていた朱文字は「毒蛇は、急がない！」A先生の漫画に登場する、ものすごいインパクトの励ましの言葉。ノリオは涙ぐんだ。

琵琶湖そばの大津サービスエリアでまたうどんをすすっていると永嶺がトレイを水平に持って近づいてきた。飲み過ぎた祥太は後部座席で熟睡している。

「そんなこんなで大団円、か」

ズルズルすすっていたうどんから俺は顔をあげる。深夜〇時のサービスエリアは静かで明るかった。夕方、神山は新幹線の切符を買い求め、駅で別れた。恋人との話し合いについて、やはり気が急くのだろう。あるいは一人になって冷静に考えたかったのかもしれない。

大団円か。永嶺のトレイから七味をとってふりかけてまた麺をすする。

まだだ。俺がまだだ。神山の額を叩いたときに、実は分かったのだ。

叩いたのはなぜかというと、彼がそれを「口に出して言った」からだ。

女が、冷房が強すぎと不満に思うことはまるで悪くない。周囲にボヤいてもいい。「ツイッターで言う」ことだけだ、色気がないのは。

心で思ってる分には、俺は神山と同じようなことを思っていた。誰とも、長く付き合えない。いつしかときめきがなくなって、なにか理由をつけては距離を置き、別れを切り出してしまった。だが、神山にあけすけに言語にされてみたとき、鏡を取り払い、俺は俺を叩いた。

琴美にいおう。思ったことをただいうんだ。

自分らしくない、奮い立った気持ちで汁を飲んだ。トラック運転手らしい無骨な男が一瞥を与えて傍らを通り過ぎ……ずに声をかけてきた。

「おい、あんちゃんたち」声が据わっていて、行きのトンネルで遭遇した長く恐ろしいクラクションを思い出す。

二人で男をみあげる。

「七味。もってかないでくれんか」あ、すみません。さらに怒られるかと思ったが、七味を受け取るとさっさと行ってしまった。

琵琶湖みていこうぜ、琵琶湖にきたんだから。永嶺と二人で湖への舗装道路を歩く。柵に近づくと南京錠がいくつもみえる。真夜中だが遠くの照明をうけ、南京錠はどれも鈍く光っていた。

永嶺は煙草をすい、真っ暗な湖畔に目を向けていたが、やがてスマートフォンを取り出してこちらに手渡した。

画面の中に小さな子供がいる。

「なに」俺は鈍かった。

「俺の子」

「……似てる！」永嶺の顔と子供の画像とみくらべ、俺はやっと笑った。

「ＤＮＡ鑑定の必要ないよなあ、これは」子供と瓜二つの永嶺も笑った。手すりにはめられた南京錠の「ゆみ＆はやと」とか「ＬＯＶＥ」とか書かれた文字を一つ一つ手に取って音読しはじめた。

鑑定するつもり、最初からなかったろう。勝手に思った。

「これがさあ、かわいいんだよ」自分としたことが、という言い方。

「へえ」俺はからかわないことにした。

手伝いで、やがて旅館の番頭になるかもしれないが、しばらくは二足のわらじだという。

そんなの、本当に、大団円じゃないか。

「愛のようだ」と永嶺は短くいった。この湧き上がる気持ちはどうやら、という意味だろうか。湖面になにかがみえて、その形を差していったかのような言い方だった。それでしばらく、そこに愛があるような変な気持ちで湖面を眺めた。なにもみえない。永嶺のくしゃみが闇に響いた。

永嶺は助手席で寝ると宣言した。祥太もまだ眠っている。俺は音楽のボリュームを落とし、高速へとまた発進させる。合流車両に注意してください、おなじみの声を機械が発した。

停車して発進する、また停車して発進する、車とはそういうものだ。停車して、こうして再び発進するそのつど、これまでの自分たちのやりとりがすべて過去のものだという実感が強まる。例えばもう、永嶺は照れくさそうではないし、お騒がせの神山の姿はないし、呪いのような不条理なクラクションに脅かされてもいない。当たり前に、「起こること」のすべては即、過去の事柄なのだが、たとえば神山が泣きわめいたのは一週間前くらいの出来事のようであり、今がその地続きにいる気がしない。だってもう、あのときとは景色が違う。あのときとも、あのときとも。車に乗っている限り。

そういう風に感じたいと思うときが、生きていてたくさんある。なにかに失敗したとき、なにかを見透かされて消え入りたい気持ちのとき、誰かを悲しませてうなだれているとき。あるけど我々は大抵の場合、車に乗って移動してない。

我々は常に、車にのって移動しながら生きていればいいんじゃないか。生きるのがそんなに単純じゃないことはもちろん知っていながら、そんなことを考える。

さすらおう　この世界中を
ころがり続けてうたうよ　旅路の歌を

いつかのドライブでもかかった「さすらい」が流れる。一人で口ずさむ。須崎にも遠慮せず、俺は言いたい言葉を言うんだ。

不意に低いエンジン音が響くや、大型バイクに乗った女が長髪をなびかせながら右車線を悠然と追い越していった。

「……」感知するセンサーでもついていたみたいに永嶺が目を覚ました。

「永嶺さん、今、すごい美女の乗ったバイクが！」いつの間に起きていたのか祥太も声をあげた。もう、美女ということになっている。

「ハハハ」笑いが漏れる。二人に追えと言われる前に、俺はウィンカーを出し、アクセルを強く踏み込んでいた。

エピローグ

水谷さんが助手席に乗り込もうとして、シート上の封筒類を手で取りのけた。

「あ、出がけに郵便受けに入ってたの、そのままもってきちゃった」すみません、後ろにやっちゃってください。

「暑いねえ、今日」シートベルトを締めると、手に持った封筒の束で水谷さんは顔をあおいだ。エアコンを強めようと手をスイッチにのばして、いやいいと遮られる。

「今日は、道も混んでそうですよ」

「うん、私も出がけにラジオ聞いてたら渋滞だってさ」練馬から関越道経由で碓氷軽井沢で降り、はずれに向かう。

「こないださ、富岡製糸場が世界遺産になったじゃない？」

「そうですね」途中で通る富岡の高速道路沿いに「富岡製糸場を世界遺産に」と書かれた大きなモニュメントがあるはずだが、このたび世界遺産になったことで建てかわっているか、私が寝てたらかわりにみてくれ、と水谷さんはいった。十年前に、蚕の繭形とおぼしきモニュメントを二人で指差したのを思い出した。

「あの犬ども、元気ですかね」高名な漫画家の自宅に取材で向かうのは十年ぶりということになる。人気連載を維持し続けて、いまだに第一線で活躍しているのだから、大したものだ。

「大型犬はあまり長生きしないからな」

「そう、だから、私も小型犬か猫って思って、結局猫にしたわけ」最近、水谷さんは再婚した。新しい旦那さんと相談して、トラ猫を飼っている。ネットにどしどしあがる画像をみれば、二人が猫にメロメロだということが分かる。

「そうだ、ノリオくんのあれ、みた！」

「あ、彼ね、頑張ってるよね」ノリオはウェブ媒体で結局遅咲きのデビューが決まった。

「水谷さんの、昨年末の分厚いアドバイスが効いたんですよ」お世辞ではなかった。

「いや、でも。媒体自体が先行き……」

「怪しいですもんね」

「ドヨーン」

「ズーン……まあ、ノリオなら、なんとかかんとか、やってくでしょう」

「そうね」

夏休みの始まりだからか、高速は午前中からぎっしり詰まっている。

しばらく二人、NHKのこども電話相談室を聞いた。

「昔の車って、アンテナが太いよね」するすると電動で伸びだしたラシーンのラジオアンテナに水谷さんは感嘆した。

「どうして星は光るの」「なぜフラミンゴは片足で立つんですか」どの子供の質問もかわいい。また、やり取りが弾まない感じもいい。回答する学者達はどうしても小学生に分からない語彙を用いてしまうから、たぶんよく伝わっていない。

「○○くん、わかったかな？」司会者にうながされ「わかった」と答える子供の声はどれも力ない。

「『なるほど！　そうだったんですね！　いやあ、まったくもって、蒙を啓かれましたなぁ！』」

「……いたらやだね、そんな子」

司会者や先生の発する「さようなら」に対する、まるで言い慣れていない「さよなら」も聞き所だ。

富岡製糸場の繭形のオブジェを通り過ぎ、二人で爆笑する。富岡製糸場「を」世界遺産「に」の平仮名二文字を塗り潰しただけだったのだ。

「予算なかったのかね」電話相談室が終わるころに高速を抜け、軽井沢から郊外にゆくと前の取材では畑ばかりだった印象の地帯に巨大な建物がいくつもみえる。イオンモールやらホームセンターの中にあれをみつけ、思わず運転席から指差してしまった。

「あ、あれが、あれですよ」

「なに、あれって」

「あれが、かのハードオフです！」我ながら、エッフェル塔の輝きを愛機スピリット・オブ・セントルイス号にみせるリンドバーグみたいな誇らしげな告げ方になった。

「ああ！」水谷さんはそれなりに感慨深げに、黒く四角い店舗を眺めた。もちろん、全然、奇麗な建物ではない。カーナビで検索するやり方が広まってから、しまむらとかダイソーとか、こういう大きな四角い建物が増えた気がする。

「懐かしいな」水谷さんは髪をかきあげた。寄りますかと冗談で水を向けてみる。昨年は実に良い「嫌だ」を聞いたものだが、別にいい、と涼しい返答を得る。

「あのとき私さ、今の仕事やめて、田舎にこのまま戻ろうかなって思ってたんだよ」

「そうなんですか」

「父さん死んで、お母さん一人になったわけだし。私も気持ちが弱ってたんだな、でも、あのドライブがとても楽しかったから、それで元気が出て、良かったのかも」

駐車場の広いコンビニのトイレを借りてから俺は氷菓を、水谷さんはアメリカンドッグを買った。車に戻りエアコンを効かせながら食べる。ラジオは、夏休みアニメソング特集になっていたから、面白い曲のときだけちゃんと聴こうと音量を絞った。地元の垢抜けない高校生二人組がコンビニに入店し、我々の真似のように、同じものを一つずつ買って出て行った。

「よかったです、俺、水谷さんが田舎に引っ込んでしまわなくて」

「まだ、分からないよ、お母さん一人なのは変わらないし、私もどんどん年とってくし仕事だって、今みたいにあるかどうか」水谷さんは唇の上にケチャップがついていないか、サイドミラーに顔を映している。

「あっと、汚しちゃったかも、はい」膝に載せていた封筒類を手渡される。エアコンの微風を受けてわずかに封筒がしなった。

大きな封筒はパンフレット、企業からのは支払い通知書、私信なんてほとんどないと思ったら、几帳面な字で書かれた白い封筒の、差出人は須崎だった。アイスのはずれ棒をくわえたまま指で開封する。水谷さんは少女向けの、俺の知らぬ昔のアニメソングを口ずさんでいる。

中にもう一つ小さな封筒が入っている。住所はなく切手も貼られずに俺の名前が記されてあり、裏面には真中琴美とだけある。俺は緊張した。

琴美は今年の初めに亡くなった。勇んで岡山から戻ったのに、俺はやはり告白できなかった。病状が悪化し、病院のベッドでたくさんの管につながれた琴美には、須崎がずっと最後まで付き添っていた。仕方ないと思った。なにも、言えるわけがない。勇気がある、ないだとか気持ちに正直にふるまうとかそういうあらゆる葛藤がすべて無効になった。「耳の遠い女は口説けない」という冗談のような自分の格言を、そのとき真面目に思い出した。

　最後に見舞ったとき琴美は「ポピーはどう？」といった。そう口に出すエネルギーもやっとかき集めたみたいに、すぐ静かになった。

　俺も、いつもの調子で不遜な冗談をいわないと、と思った。なにも浮かばなかった。

「ものすごい、フローラルの香りだよ」というのが精一杯だった。

「〝ポピー〟なのに？」それが最後に聞いた琴美の言葉だ。琴美の死の瞬間は須崎がみとった。葬儀で須崎も俺も泣かなかった。あっけない。出会ってすぐに入院して弱っている姿をみていたからか、意外に思うこともできなかった。

　須崎の書いた添え状を読む。緩慢ながら長い付き合いなのに、彼の手書きの文字を、俺は初めて目にする気がする。

「琴美が渡したいといっていたものです。

　遺品整理で出てくるまで忘れてました。

　俺も中はみてませんが、

　あいつ一体なにをあげようとしたんだか。

よければ中身を今度教えてください」

文章の須崎は少し他人行儀だ。琴美をあいつと呼べることに小さく嫉妬を感じながら、少しふくらんだ封筒を開ける。助手席の水谷さんに心配されている気配が伝わってきたが、彼女も声をかけてはこなかったし、俺もひとまず中身をあらためてしまいたかった。

手紙だと思った紙は、すべてレシートだった。コンビニや病院の売店のものが何枚も重なっていた。ドリンク150円、雑誌700円、コスメ・セール品1980円……。一枚だけ、レシートではない小さな紙片に汚い字が書かれている。

「車のミラーにこれぶらさげて」レシートと一緒に入っていた交通安全のお守りのことだ。伊勢神宮で、琴美はいつ、これを買ったのだろう。

ラジオが曲を変えた。小さな音だったがイントロですぐに曲が分かり、まさかと思いながら俺は涙をこぼした。

水谷さんはさすがに大丈夫？　どうしたの？　と声をかけてきた。ひらひらと運転席の下部に、琴美のレシートがこぼれ落ちていく。拾い上げなくては。

「え？　なに、まさかこの歌で泣いてんの？　その、手紙でなくて？」水谷さん、今のとてもいい「怪訝な声音」だ。

「曲が……」

「ハハハ」泣いているときに無理に笑おうとしたら顔がゆがむことを久しぶりに思い出していた。俺はあのときバカだったし、そのことは、これからもずっと取り消せない。ずっと斜に構えて生きてきて、気づいたら、大事な人に大事な言葉を言いそびれて、そしてこれからずっと、言いそびれたままだ。

「どうしたの？　水でも買ってこようか」水谷さんが肩をなでてくれている。ハンドルに突っ伏している俺の耳には琴美の歌声だけが響いていた。

「もう手遅れだって、思い切り気付かされたの？」

　俺は顔をあげた。涙も引っ込んだ。「大事な人がなくなったの」とか「フラれたの」とかではない、水谷さんが「正解」をいきなり言ったから、驚いた。いつかの峠で不意に怖くなった瞬間にそれは似ていた。俺はなんとか頷いてみせた。

　ああ、心に愛がなければ。歌おうとしたが、口はこわばったまま動かない。

解説　長嶋有に付け足されるもの

大塚真祐子

車における同乗者との距離感をいつも、想像より物理的に近いと感じる。そして同じような空間を他に知らない。目の前の人と同じ車に乗ったらどんなふうだろう、と空想するとき、相手との距離の変化をただ見ていたい。空想するなら親しくない人がいい。職場にあらわれる営業担当や、たまに指名する美容師など、会うたびにその場かぎりの話でとりつくろう人たちと車中をともにしたら、同じ味のハイチュウを嚙むうちに生涯の友となるかもしれないし、のちのちまで禍根をのこす大喧嘩をするかもしれない。それだけの密度が、車という空間の内には生まれやすいと思っている。はたして本作の語り手である戸倉にこの話をしたら、作中で免許証みせてと要求する女と同じように、心の中で「減点」されるだろうか。

長嶋有の作品には『ジャージの二人』や『ねたあとに』の山荘、『ぼくは落ち着きがない』の部室、『三の隣は五号室』の第一藤岡荘など、ある空間を定点観測するように書かれた物語が多く存在するが、今作はまぎれもない「車中小説」である。どのページをひらいても登場人物たちは車に乗り、目的地へ向かうために移動している。

各章で示される地名を頭のなかのカーナビに入力し、サービスエリアやインターチェンジを手がかりに太線のルートと矢印を描く。車内の彼らと同じように、読む自分も進行方向で物語を体験し、記憶をたどるときも進行方向の視界で思い出している。登場人物の誰かの目線でというわけではなく、すべての道行きに想像の自分の座席から見える景色があり、想像の速度（運転初心者、ベテラン、高速道路、一般道、峠道）があって、それを覚えている。

長嶋作品では固有名詞が頻繁に用いられるが、今作は曲名が抜きんでて多い。車と音楽の親和性を語るまでもなく、車内には歌謡曲から洋楽まで、さまざまな歌が流れる。

〈もちろん合唱になったが、続くサビを二人は「一番星咲く頃」と歌い間違えた。

実際には「一番星出る頃は」だ。それで二番になると俺以外は黙った。アニメの歌がかかってつかの間盛り上がっても、そうなる。皆、途中から知らない事柄でも「知っている」と把握して生きている。〉

ここで流れるのは映画『トラック野郎』の主題歌『一番星ブルース』だが、イントロで伝播する「知っている」感じや、二番になるとまばらになるあの空気にはひどくなじみがあるのに、この一節を読むまで意識したことがなかったと気づく。長嶋有の小説がこのような無名の感覚を掬（すく）いあげるとき、筋としての物語とともに、自分のなかで無自覚に眠っていた同じ感覚をもう一度体験する。長嶋有の書く物語とはたいがいこのような、名前をもたない気づきの集積でできている。気づきの体験度が高いため、いつしか想像の沈黙で二番が歌えなかった自分を立て直そうとしている。長嶋作品を読んでいれば当たり前に起こることだ。戸倉と仕事仲間の永嶺が、深夜のサービスエリアで〈ロードムービーの中の人〉について、あんなに移動しているのに疲れないから嘘だ、と語るくだりがあるが、この小説を読んだのちの自分は、長い車中のあとのようにちゃんと疲れている。

場の固定性や空間の閉鎖性、固有名詞の同時代性を重要なアイテムとして物語のなかへ軽やかに投げこむ長嶋作品の特質をふんだんに盛りこみながら、『愛のようだ』という作品はその系譜のなかでは異色だ。作者初の書き下ろし作品であることや、単行本刊行時の〈「泣ける」恋愛小説。〉という帯の文句は、あくまでも表層でしかない。人の思いや出来事と、物の名詞や作品のタイトルを同等の重みでとらえ、物語のなかで作者がそれらをもう一度生みなおすとき、そこに垣間見える真理のようなものがあり、それをあまねく受けとめることが長嶋作品を手にする読み手の役割だと思っていたけれど、『愛のようだ』にはまず、ある真理が厳然と立ちはだかる世界があって、その大きな世界に含まれる一部分として、空間や固有名詞が存在しているような印象がある。

ある真理とは死だ。

〈「そして、再発したら今度はもう百%ダメなんだと」よく聞く話だ。「五年後生存率」とかなんとか。

「そんなの」俺はいった。そんなの、漫画なら「類型的」すぎる。〉

戸倉の友人である須崎の恋人、琴美は重篤な病にかかっている。見舞いのあとの会話で戸倉は、琴美はそういうキャラじゃないから大丈夫だと須崎に告げる。琴美と須崎が同乗するのは第一章の伊勢神宮へのドライブのみだが、車中の戸倉はときおり琴美とメールのやりとりをし、須崎と連絡をとりあう。物語に「類型的」と言わせておきながら、「類型的」な展開を物語がなぞる。

長嶋有がなぜこのような形で「類型的」な小説を書いたのか、わからなかった。長嶋作品がこれまでに書いてきたテーマや手法では、この小説を分析することも、理解することもできなかった。が、あるときふと思った。もしかするとこの作品において、死は付け足されたのではないだろうか。物語の要素としていいとか悪いとかではなく、現実として。

付け足すという言葉は適切でないかもしれないが、これ以上の言いまわしが見つからない。そもそも現実の死に類型はない。〈「類型的」すぎる〉というのは価値観であり、死は人間の価値判断などおかまいなく、ときに「類型的」な顔をしてやってくるかもしれないが、それを受けとめる者にとっては、一つ一つの死が固有だ。ここに小説を象(かたど)るアイテムとしての意図はまったく感じられない。ただ人が等しくいつか死ぬという真理が、まっすぐにさしだされる。

死がそうであるように、一つ一つの生も固有だ。ポピーの香る車内で彼らはとりとめなく会話し、男女のことに思いをはせ、〈ベルギーの素敵なチョコ〉を要求し、不二家のポップキャンディを頬張る。車に乗って移動する彼らは道程の中途であるとともに、圧倒的に生の中途にいる。生きている者だけが車に乗ることができる。目的をもってエンジンをふかし、〈「しゅっぱーつ」〉と声をかけて発進することができる。〈停車して発進する、また停車して発進する、車とはそういうものだ。停車して、こうして再び発進するそのつど、これまでの自分たちのやりとりがすべて過去のものだという実感が強まる。〉

〈我々は常に、車にのって移動しながら生きていればいいんじゃないか。生きるのがそんなに単純じゃないことはもちろん知っていながら、そんなことを考える。〉みんな生きていた、と思う。車に乗って移動したあのとき、あの人もあの人もみんな生きていた。

類型を書きながら、死にも生にも類型などないということを逆説的に浮きぼりにする、この小説はこれまで「類型的」なものを一切書いてこなかった長嶋有だからこそさしだすことのできる物語であり、また愛のようなものについての物語でもある。

長嶋作品の根底にあるのはつねに、生をまるごと肯定しようとする長嶋有の眼差しであり、その眼差しこそをまるきり愛のようじゃないかと思っている。作中、歌詞や映画の台詞として「愛」という単語をちりばめながら、戸倉の心のざわめきには安易に名づけることをしなかったこの作品は、たしかに真摯な「恋愛小説」でもあるのだ。

（おおつかまゆこ／書店員）

『愛のようだ』二〇一五年十一月　リトルモア刊

中公文庫

愛のようだ

2020年3月25日　初版発行

著者　長嶋　有

発行者　松田陽三

発行所　中央公論新社
〒100-8152　東京都千代田区大手町1-7-1
電話　販売 03-5299-1730　編集 03-5299-1890
URL http://www.chuko.co.jp/

DTP　嵐下英治
印刷　三晃印刷
製本　小泉製本

Published by CHUOKORON-SHINSHA, INC.
Printed in Japan　ISBN978-4-12-206856-8 C1193

い-3-8
光の指で触れよ
池澤夏樹
土の匂いに導かれて、離ればなれの家族が行きつく場所は――。あの幸福な一家に何が起きたのか。『すばらしい新世界』から数年後の物語。〈解説〉角田光代
205426-4

い-115-1
静子の日常
井上荒野
おばあちゃんは、あなどれない――果敢、痛快、エレガント。75歳の行動力に孫娘も舌を巻く！ ユーモラスで心ほぐれる家族小説。〈解説〉中島京子
205650-3

い-115-2
それを愛とまちがえるから
井上荒野
愛しているなら、できるはず？ 結婚十五年、セックスレス。妻と夫の思惑はどうしようもなくすれ違って……。切実でやるせない、大人のコメディ。
206239-9

お-51-1
シュガータイム
小川洋子
わたしは奇妙な日記をつけ始めた――とめどない食欲に憑かれた女子学生のスタティックな日常、青春最後の日々を流れる透明な時間をデリケートに描く。
202086-3

お-51-2
寡黙な死骸 みだらな弔い
小川洋子
鞄職人は心臓を採寸し、内科医の白衣から秘密がこぼれ落ちる…時計塔のある街で紡がれる密やかで残酷な弔いの儀式。清冽な迷宮へと誘う連作短篇集。
204178-3

お-51-3
余白の愛
小川洋子
耳を病んだわたしの前に現れた速記者Y、その特別な指に惹かれたわたしが彼に求めたものは。記憶と現実の危ういはざまを行き来する、美しく幻想的な長編。
204379-4

お-51-4
完璧な病室
小川洋子
病に冒された弟と姉との最後の日々を描く表題作、海燕新人文学賞受賞のデビュー作「揚羽蝶が壊れる時」ほか、透きとおるほどに繊細な最初期の四短篇収録。
204443-2

お-51-5
ミーナの行進
小川洋子
美しくて、かよわくて、本を愛したミーナ。あなたとの思い出は、損なわれることがない――懐かしい時代に育まれた、ふたりの少女と、家族の物語。谷崎潤一郎賞受賞作。
205158-4

各書目の下段の数字はISBNコードです。978 - 4 - 12が省略してあります。

お-51-6
人質の朗読会
小川洋子
慎み深い拍手で始まる朗読会。耳を澄ませるのは人質たちと見張り役の犯人、そして……。しみじみと深く胸を打つ、祈りにも似た小説世界。〈解説〉佐藤隆太
205912-2

か-61-2
夜をゆく飛行機
角田光代
谷島酒店の四女里々子には「ぴょん吉」と名付けた弟がいて……うとましいけれど憎めない、古ぼけてるから懐かしい家族の日々を温かに描く長篇小説。
205146-1

か-61-3
八日目の蟬（せみ）
角田光代
逃げて、逃げて、逃げのびたら、私はあなたの母になれるだろうか……。心ゆさぶるラストまで息もつがせぬ傑作長編。第二回中央公論文芸賞受賞作。〈解説〉池澤夏樹
205425-7

か-61-4
月と雷
角田光代
幼い頃暮らしをともにした見知らぬ女と男の子。再び現れたふたりを前に、泰子の今のしあわせが揺らいで……偶然がもたらす人生の変転を描く長編小説。
206120-0

か-57-1
物語が、始まる
川上弘美
砂場で拾った〈雛型〉との不思議なラブ・ストーリーを描く表題作ほか、奇妙で、ユーモラスで、どこか哀しい四つの幻想譚。芥川賞作家の処女短篇集。
203495-2

か-57-2
神様
川上弘美
四季おりおりに現れる不思議な生き物たちとのふれあいと別れを描く、うららでせつない九つの物語。ドゥ・マゴ文学賞、女流文学賞受賞。
203905-6

か-57-4
光ってみえるもの、あれは
川上弘美
いつだって〈ふつう〉なのに、なんだか不自由……。生きることへの小さな違和感を抱えた、江戸翠、十六歳の夏。みずみずしい青春と家族の物語。
204759-4

か-57-5
夜の公園
川上弘美
わたしいま、しあわせなのかな。寄り添っているのに、届かないのはなぜ。たゆたい、変わりゆく男女の関係をそれぞれの視点で描き、恋愛の現実に深く分け入る長篇。
205137-9

か-57-6
これでよろしくて?
川上 弘美
主婦の菜月は女たちの奇妙な会合に誘われて……夫婦、嫁姑、同僚。人との関わりに戸惑いを覚える貴女に好適。コミカルで奥深いガールズトーク小説。
205703-6

か-57-3
あるようなないような
川上 弘美
うつろいゆく季節の匂いが呼びさます懐かしい情景、ゆるやかに紡がれるうつつと幻のあわいの世界。じんわりとおかしみ漂う味わい深い第一エッセイ集。
204105-9

つ-6-14
残像に口紅を
筒井 康隆
「あ」が消えると、「愛」も「あなた」もなくなった。ひとつ、またひとつと言葉が失われてゆく世界で、執筆し、飲食し、交情する小説家。究極の実験的長篇。
202287-4

つ-6-17
パプリカ
筒井 康隆
美貌のサイコセラピスト千葉敦子のもう一つの顔は、男たちの夢にダイヴする〈夢探偵〉パプリカ。人間心理の深奥に迫る禁断の長篇小説。〈解説〉川上弘美
202832-6

つ-6-20
ベトナム観光公社
筒井 康隆
新婚旅行には土星に行く時代、装甲遊覧車でベトナムへ戦争大スペクタクル見物に出かけた。戦争を戯画化する表題作他初期傑作集。〈解説〉中野久夫
203010-7

つ-6-21
虚人たち
筒井 康隆
小説形式からその恐ろしいまでの〝自由〟に、現実の制約は蒼ざめ、読者さえも立ちすくむ、前人未到の長篇問題作。泉鏡花賞受賞。〈解説〉三浦雅士
203059-6

つ-6-23
小説のゆくえ
筒井 康隆
小説に未来はあるか。永遠の前衛作家が現代文学へ熱きエールを贈る「現代世界と文学のゆくえ」ほか、断筆宣言後に綴られたエッセイ100篇の集成。〈解説〉青山真治
204666-5

な-64-1
花桃実桃
中島 京子
会社員からアパート管理人に転身した茜。昭和の香り漂う「花桃館」の住人は揃いも揃ってへんてこで……。40代シングル女子の転機をユーモラスに描く長編小説。
205973-3

各書目の下段の数字はISBNコードです。978－4－12が省略してあります。

な-64-2
彼女に関する十二章
中島京子
五十歳になっても、人生はいちいち、驚くことばっかり――パート勤務の宇藤聖子に思わぬ出会いが次々と。ミドルエイジを元気にする上質の長編小説。
206714-1

ほ-16-6
正弦曲線
堀江敏幸
サイン、コサイン、タンジェント。この秘密の呪文で始動する、規則正しい波形のように――暮らしはめぐる。思いもめぐる。第61回読売文学賞受賞作。
205865-1

ほ-16-9
戸惑う窓
堀江敏幸
覗かずにはいられない。大聖堂の薔薇窓、木造家の古窓……マチスは闇を、プルーストは不思議な絵画を見いだした。世界を一変させた「窓」を訪ねる二十五篇。
206792-9

よ-25-1
TUGUMI
吉本ばなな
病弱で生意気な美少女つぐみと海辺の故郷で過した最後の日々。二度とかえらない少女たちの輝かしい季節を描く切なく透明な物語。〈解説〉安原顯
201883-9

よ-25-2
ハチ公の最後の恋人
吉本ばなな
祖母の予言通りに、インドから来た青年ハチと出会った私は、彼の「最後の恋人」になった……。約束された至高の恋。求め合う魂の邂逅を描く愛の物語。
203207-1

よ-25-3
ハネムーン
吉本ばなな
世界が私たちに恋をした――。別に一緒に暮らさなくても、二人がいる所はどこでも家だ……互いにしか癒せない孤独を抱えて歩き始めた恋人たちの物語。
203676-5

よ-25-4
海のふた
よしもとばなな
ふるさと西伊豆の小さな町は海も山も人もさびれてしまっていた。私はささやかな想いと夢を胸に大好きなかき氷屋を始めたが……。名嘉睦稔のカラー版画収録。
204697-9

よ-25-5
サウスポイント
よしもとばなな
初恋の少年に送った手紙の一節が、時を超えて私の耳に届いた。〈世界の果て〉で出会ったのは……。ハワイ島を舞台に、奇跡のような恋と魂の輝きを描いた物語。
205462-2